ВСЕ НАЧИНАЕТСЯ С ЛЮБВИ

一切始于爱情

· 俄罗斯三百年情诗精粹 ·

【俄】普希金 等/著

谷羽/译

人民文学出版社

据Три века русской поэзии(Москва, Просвещение, 1979), Чудное мгновенье(Бариаул, Алтайское книжное издательство, 1982), Русские песни и романсы(Москва, Художественная литература, 1989), Антология русского романса. Золотой век(Москва, Эксмо, 2006)等译。

图书在版编目(CIP)数据

一切始于爱情：俄罗斯三百年情诗精粹/(俄罗斯)普希金等著；谷羽译. —北京：人民文学出版社，2023
ISBN 978-7-02-017844-5

Ⅰ.①—… Ⅱ.①普…②谷… Ⅲ.①诗集—俄罗斯 Ⅳ.①I512.2

中国国家版本馆CIP数据核字(2023)第040299号

责任编辑	柏　英
装帧设计	李思安
责任印制	任　祎

出版发行	人民文学出版社
社　　址	北京市朝内大街166号
邮政编码	100705
印　　刷	三河市中晟雅豪印务有限公司
经　　销	全国新华书店等
字　　数	217千字
开　　本	850毫米×1168毫米　1/32
印　　张	11.25　插页1
印　　数	1—4000
版　　次	2023年4月北京第1版
印　　次	2023年4月第1次印刷
书　　号	978-7-02-017844-5
定　　价	86.00元

如有印装质量问题，请与本社图书销售中心调换。电话：010-65233595

爱情是棵常青树

谷 羽

1988 至 1989 年作为访问学者，我到列宁格勒大学（现为圣彼得堡大学）进修一年，亲身体验了俄罗斯人对于诗歌的痴迷，对诗人的热爱和推崇。在城市里漫步，经常能看到诗人的雕像，雕像前面常常摆放着鲜花；诗人故居纪念馆常年开放，遇到节日，参观拜谒的人络绎不绝；书店里陈列着各种诗集，诗集的印数少则 3 万，多则 5 万，甚至 10 万，大学和作家协会经常举办诗歌朗诵会。我有幸参观过普希金就读的皇村学校，莫伊卡故居，普斯科夫省圣山墓地，米哈伊洛夫斯克庄园保护区，诗人进行决斗的小黑河林间空地；凭吊过列宁格勒市郊科马罗沃的阿赫玛托娃坟墓，在莫斯科拜访过卡扎科娃、罗日杰斯特文斯基、库兹涅佐夫、玛特维耶娃、伽姆扎托夫等诗人；去梁赞访问过叶赛宁的家乡，在诗人故居纪念馆，从老式唱机上听到了诗人朗诵诗歌的声音：高昂、尖细、颤抖，在空气中回荡，留下的印象长久难以磨灭……

在列宁格勒我结识了不少朋友，拜访过一些诗人、学者、汉学家，他们知道我翻译俄罗斯诗歌，就把一些诗集送给我，诗人舍甫涅尔不仅把他自己的两本诗集赠给我，还把茨维塔耶娃的两卷集也慷慨赠送。我的导师格尔曼·瓦西里耶维奇·菲里波夫先生赠给我《俄罗斯诗歌三世纪》和《诗国漫游》两卷集，都很珍贵。跟我同期在那里访学的天津医学院教授闫佩琦先生了解我的爱好，就把朋友送给他的俄罗斯爱情诗集《美妙的瞬间》转赠给我……所有这些，都让我感动，难以忘记。当然，我自己也选购了不少诗集和有关诗歌批评的著作。

我的本职工作是教书，讲授俄罗斯文学史，还为本科生和研究生开设了诗歌赏析课，编选了《俄罗斯诗歌选读》教材，其中爱情诗占有相当大的比重。给学生们上课，既要朗读原作，分析原作，也要欣赏译文，因此，我在课余时间经常翻译诗歌，日积月累，逐渐增多。可喜的是能跟学生交流，很多学生喜欢上了俄罗斯诗歌，有些本科生毕业论文也选诗歌作题目。我带的几个研究生大都研究俄罗斯白银时代的诗人或作品。有个女生叫庞然，后来考上了上海外语学院的研究生，有一次来信说，她一直把《俄罗斯诗歌选读》教材放在书架上，有空时就愿意翻翻，诗歌课给她留下了美好的回忆。还有一个研究生席桂荣，毕业后给我来信说："老师，您知道吗，您给我们上诗歌课，我把您译的许多诗都抄了下来。您知道干什么用吗？现在告诉您，那时候每次给男朋友写信，都抄上一两首。真得谢谢老师了。"现在回想这些，仍然觉得欣慰。

2002年退休后，有了空闲时间，我开始整理以前翻译的诗歌，继《俄罗斯名诗300首》之后，又编选翻译了《俄罗斯情诗300首》。这部书稿交给一家出版社，几年未能问世。我想，是不是书稿太厚了，于是从中精选，编成了这本《一切始于爱情》。

这本诗集选入107位诗人的138首诗，时间跨度约300年，其中不仅包括了俄罗斯黄金时代、白银时代著名诗人的情诗佳作，也收入了20世纪俄罗斯优秀诗人的名篇。从诗歌流派角度着眼，作品不仅涉及古典主义、感伤主义、浪漫主义、现实主义、公民诗派、纯艺术派、象征派、阿克梅派、意象派的诗作，也包括了大声疾呼派、悄声细语派、哲理诗派诗人的作品。

题材涉及爱情的方方面面：倾慕、初恋、热恋、失恋、单恋、苦恋、暗恋、婚外恋、妒忌、悼亡等等。风格多种多样：或缠绵，或奔放，或含蓄，或开朗，或委婉，或俏皮，或质朴，或华丽，或沉静，或妩媚，或悲怆、或狂喜，真像花园里百花盛开，多姿多彩，馥郁芳香。

2017年8月底，应约到成都参加杜甫草堂国际诗歌周，主办单位泸州老窖集团希望与会者每人写两首以《酒》和《爱》为题的三行诗。一次晚会看了川剧变脸的表演，我写了这样一首短诗：

爱，有深有浅，

　　爱，可长可短，

　　爱，像川剧一绝，会变脸。

　这是一时的灵感，也包含了多年译诗的感悟。

　我翻译俄罗斯爱情诗，有自己的明确追求：神形兼顾译情诗，注重意象、意境、内涵的再现；同样注重音韵、格律、形式的传达。诗歌是最富有音乐性的文学体裁，忽视了音乐性，往往给原作造成难以弥补的损失。俄罗斯诗歌至今仍以格律诗为主流，音节、音步、诗行、诗节都有严格规定，格律包括抑扬格、扬抑格、抑抑扬格、抑扬抑格、扬抑抑格等多种形式，我都尽最大努力接近原作。总之，力求为我国诗歌爱好者提供可信、可读的诗歌译本是我的心愿。当然，能否达到预期的水平，还有待各位读者的批评。

　诚心期待诗歌爱好者和行家的指点。

2022 年 8 月 26 日

目 录

米哈伊尔·瓦西里耶维奇·罗蒙诺索夫
　"我想赞美阿丽达……" 　　　　　　　　002
亚历山大·波得罗维奇·苏马罗科夫
　"某处小树林里……" 　　　　　　　　　004
加甫利尔·罗曼诺维奇·杰尔察文
　俄罗斯姑娘 　　　　　　　　　　　　　008
伊万·伊万诺维奇·德米特里耶夫
　我曾经幸福 　　　　　　　　　　　　　011
尼古拉·米哈伊洛维奇·卡拉姆津
　歌 　　　　　　　　　　　　　　　　　014
瓦西里·安德列耶维奇·茹科夫斯基
　梦中的幸福 　　　　　　　　　　　　　018
丹尼斯·瓦西里耶维奇·达维多夫
　我的小星星 　　　　　　　　　　　　　020
康斯坦丁·尼古拉耶维奇·巴丘什科夫
　我的天使 　　　　　　　　　　　　　　023

康德拉季·费奥多罗维奇·雷列耶夫

 "你的垂青我不敢承受……"   025

安东·安东诺维奇·杰里维格

 爱情   028

亚历山大·谢尔盖耶维奇·普希金

 致画家   030

 酒神之歌   032

 "保佑我吧,我的护身符……"   034

叶甫盖尼·阿勃拉莫维奇·巴拉丁斯基

 一吻   037

尼古拉·米哈伊洛维奇·雅泽科夫

 "爱情呀,爱情!我记得……"   039

费奥多尔·伊万诺维奇·丘特切夫

 涅瓦河上   042

 定数   044

阿列克谢·瓦西里耶维奇·柯里卓夫

 老人的歌   046

 歌   048

叶甫盖尼·帕甫洛维奇·葛列宾卡

 乌黑的眼睛   051

尼古拉·普拉托诺维奇·奥加廖夫

 "她从来没有爱过他……"   053

米哈伊尔·尤里耶维奇·莱蒙托夫

  乞丐   055

  乌黑的眼睛   056

  "又寂寞又悲伤,在这心神郁闷的时候……"   057

阿列克谢·康斯坦丁诺维奇·托尔斯泰

  "既恋爱,就爱个疯狂……"   059

  "提到他的时候,你就低头……"   060

伊万·谢尔盖耶维奇·屠格涅夫

  途中   062

雅可夫·波得罗维奇·波隆斯基

  译自波迪仑   064

阿法纳西·阿法纳西耶维奇·费特

  "耳语,怯生生的呼吸……"   066

  "多么幸福,夜,只有我们两个!……"   067

  东方谣曲   068

尼古拉·费奥多罗维奇·谢尔宾纳

  "当我的爱慕搅扰了你的幸福……"   070

阿波罗·尼古拉耶维奇·迈科夫

  雨中   073

  "不可能!不可能!……"   074

尼古拉·阿列克谢耶维奇·涅克拉索夫

  "你微黑的可爱面庞……"   076

"你百依百顺，满怀柔情……" 078

列夫·亚历山德罗维奇·梅伊

为什么？ 080

伊万·萨维奇·尼基丁

"那一刻我多么轻松幸福……" 083

米哈伊尔·拉里昂诺维奇·米哈伊洛夫

"只消短短一句话几个字……" 085

尼古拉·亚历山德罗维奇·杜勃罗留波夫

轻盈的安琪儿 087

阿列克谢·尼古拉耶维奇·阿普赫京

"无论在白天，还是寂静的夜晚……" 089

弗拉基米尔·谢尔盖耶维奇·索洛维约夫

"可怜的人！一路辛苦……" 092

因诺肯季·费奥多罗维奇·安年斯基

"在大千世界，星斗闪烁……" 094

康斯坦丁·米哈伊洛维奇·伏方诺夫

"我需要你爱情的阳光……" 096

谢苗·雅可夫列维奇·纳德松

"我祈求爱，唯独祈求爱！……" 098

费奥多尔·库兹米奇·索洛古勃

"爱我吧，爱我吧，寒冷的月亮！……" 100

维亚切斯拉夫·伊万诺维奇·伊万诺夫

 爱情   102

康斯坦丁·德米特里耶维奇·巴尔蒙特

 "爱情的语言向来凌乱……"   105

 "我知道有一天看见你……"   106

米拉·亚历山德罗芙娜·洛赫维茨卡娅

 "假如我的幸福是自由的鹰……"   109

 "你的双唇是两片石榴花瓣……"   111

济娜伊达·尼古拉耶芙娜·吉皮乌斯

 爱是唯一   113

伊万·阿列克谢耶维奇·布宁

 "我和她很晚时还在原野……"   116

 永不泯灭的光   118

苔菲

 "我的爱情像奇怪的梦……"   121

瓦列里·雅可夫列维奇·勃留索夫

 克娄帕特拉   123

 献给爱神的颂歌   125

马克西米利安·亚历山德罗维奇·沃洛申

 "你的爱,像银河一样……"   128

 "这个夜晚我将成为一盏灯……"   130

亚历山德拉·波得罗芙娜·帕尔考

  亲吻的颜色　　　　　　　　　　　132

  眼睛的彩虹　　　　　　　　　　　134

安德列·别雷

  给阿霞　　　　　　　　　　　　　137

亚历山大·亚历山德罗维奇·勃洛克

  陌生女郎　　　　　　　　　　　　139

索菲娅·雅可夫列芙娜·帕尔诺克

  嘎泽勒　　　　　　　　　　　　　144

尼古拉·斯捷潘诺维奇·古米廖夫

  唐璜　　　　　　　　　　　　　　147

  疑惑　　　　　　　　　　　　　　149

弗拉基斯拉夫·费利齐阿诺维奇·霍达谢维奇

  雨　　　　　　　　　　　　　　　152

伊戈尔·谢维里亚宁

  爱情　　　　　　　　　　　　　　155

  不期而至的来信　　　　　　　　　156

萨姆伊尔·雅可夫列维奇·马尔夏克

  "爱情的分量沉重……"　　　　　159

阿尔谢尼·伊万诺维奇·涅斯梅洛夫

  难忘　　　　　　　　　　　　　　161

尼古拉·尼古拉耶维奇·阿谢耶夫
　　"没有你，我难以生存！……"　　　　　　　163
安娜·安德列耶芙娜·阿赫玛托娃
　　灰眼睛国王　　　　　　　　　　　　　　　165
　　爱情　　　　　　　　　　　　　　　　　　167
　　最后一面的歌　　　　　　　　　　　　　　168
鲍里斯·列昂尼多维奇·帕斯捷尔纳克
　　收拢船桨　　　　　　　　　　　　　　　　171
　　啤酒花　　　　　　　　　　　　　　　　　172
谢尔盖·雅可夫列维奇·阿雷莫夫
　　"天亮得匆忙……中国人陆续走过……"　　174
玛丽娜·伊万诺芙娜·茨维塔耶娃
　　"我是你笔下的一页稿纸……"　　　　　　176
　　给谢·艾　　　　　　　　　　　　　　　　177
　　珠贝　　　　　　　　　　　　　　　　　　179
格奥尔吉·弗拉基米罗维奇·伊万诺夫
　　给伊·奥　　　　　　　　　　　　　　　　183
　　"没有必要与厄运争执……"　　　　　　　184
伊琳娜·弗拉基米罗芙娜·奥多耶夫采娃
　　"他说：对不起，亲爱的！……"　　　　　186
谢尔盖·亚历山德罗维奇·叶赛宁
　　"莎甘奈呀，我的莎甘奈！……"　　　　　190

"你说过，说从前萨迪……" 192
"恋人的手像一对天鹅……" 194

阿列克谢·阿列克谢耶维奇·阿恰伊尔

环 197

斯捷潘·波得罗维奇·希帕乔夫

珍重爱情 200
"爱情是一部永恒的宝典……" 201

阿列克谢·亚历山德罗维奇·苏尔科夫

"狭窄的战壕火光跳荡……" 203

米哈伊尔·瓦西里耶维奇·伊萨科夫斯基

喀秋莎 206

亚历山大·安德列耶维奇·普罗科菲耶夫

"抱起手风琴想唱一支歌……" 209

列昂尼德·尼古拉耶维奇·马尔丁诺夫

爱情 212

德米特里·鲍里索维奇·凯德林

中国情缘 215

阿尔谢尼·亚历山德罗维奇·塔尔科夫斯基

"生就一双灰蓝翅膀……" 219

尼古拉·费奥多罗维奇·斯维特洛夫

给苏州姑娘 222

亚历山大·伊里奇·吉托维奇

　"这么多年你躲藏在哪里？……" 　　　　　226

帕维尔·尼古拉耶维奇·瓦西里耶夫

　"我满怀愁情告诉那些邮递员……" 　　　　228

尼古拉·亚历山德罗维奇·谢果列夫

　年少时光 　　　　　　　　　　　　　　　230

马克西姆·唐克

　初吻节 　　　　　　　　　　　　　　　　233

雅罗斯拉夫·瓦西里耶维奇·斯麦利亚科夫

　俊俏的姑娘丽达 　　　　　　　　　　　　235

瓦列里·弗朗采维奇·别列列申

　香潭城 　　　　　　　　　　　　　　　　240

弗拉基米尔·亚历山德罗维奇·斯拉鲍奇科夫

　"哦，亲爱的，世界飞旋……" 　　　　　　243

米哈伊尔·尼古拉耶维奇·沃林

　初恋 　　　　　　　　　　　　　　　　　245

瓦吉姆·谢尔盖耶维奇·舍甫涅尔

　临窗 　　　　　　　　　　　　　　　　　248

康斯坦丁·米哈伊洛维奇·西蒙诺夫

　"等着我吧，我一定回来……" 　　　　　　251

叶甫盖尼·阿罗诺维奇·多尔马托夫斯基

　戏剧性的故事 　　　　　　　　　　　　　255

瓦西里·德米特里耶维奇·费奥多罗夫

"我的爱人……" 258

达维德·萨姆伊罗维奇·萨莫伊洛夫

"一轮月亮朦朦胧胧……" 261

布拉特·沙尔沃维奇·奥库扎瓦

爱情浪漫曲 264

拉苏尔·伽姆扎托维奇·伽姆扎托夫

"假如世界上有一千个男人……" 267

永驻的青春 269

"原野和旷地绿了……" 272

亚历山大·波得罗维奇·梅日罗夫

告别卡门 275

尤丽娅·弗拉基米罗芙娜·德鲁尼娜

"妻子们——不得不等待……" 279

叶甫盖尼·米哈伊洛维奇·维诺库罗夫

"多少次由于说话冷酷……" 282

弗拉基米尔·尼古拉耶维奇·索科洛夫

"在苍郁的椴树下,临走之前……" 284

格列布·雅可夫列维奇·艾尔鲍夫斯基

夜晚的路灯 287

丽玛·费奥多罗芙娜·卡扎科娃

岛 290

弗拉基米尔·德米特里耶维奇·齐宾

 "风的躯体——"   294

罗伯特·伊万诺维奇·罗日杰斯特文斯基

 "一切始于爱情……"   296

 "我和你一见钟情……"   299

叶甫盖尼·亚历山德罗维奇·叶甫图申科

 恳求   302

安德列·安德列耶维奇·沃兹涅先斯基

 愿望的驳船   305

瓦西里·伊万诺维奇·卡赞采夫

 "朝霞。黎明。十六岁……"   308

拉丽莎·尼古拉耶芙娜·瓦西里耶娃

 绝情   311

尼古拉·米哈伊洛维奇·鲁勃佐夫

 离别的歌   313

亚历山大·谢苗诺维奇·库什涅尔

 "热恋,就是四目对望……"   317

弗拉基米尔·谢苗诺维奇·维索茨基

 给玛丽亚·弗拉狄   320

约瑟夫·亚历山德罗维奇·布罗茨基

 爱情   323

尤里·帕里加尔坡维奇·库兹涅佐夫

  风   326

伊戈尔·鲍里索维奇·布尔东诺夫

  望月   328

奥尔嘉·亚历山德罗芙娜·谢达科娃

  兰斯的微笑天使   331

谢尔盖·谢尔盖耶维奇·索宁

  "为什么我从前没有跟你相遇？……"   335

维拉·安纳托利耶芙娜·帕甫洛娃

  "没有爱情？那就创造爱！……"   338

娜塔丽娅·米哈伊洛芙娜·尼柯林科娃

  "每当叫你的名字……"   340

叶莲娜·瓦列金诺芙娜·伊萨耶娃

  但丁的妻子哲玛   342

米哈伊尔·瓦西里耶维奇·罗蒙诺索夫
（1711—1765）

罗蒙诺索夫出生于渔民家庭，成长为伟大的科学家、语言学家、哲学家。他是俄罗斯科学院第一位俄罗斯籍院士，莫斯科大学的创建者，现代俄罗斯作诗法奠基人，擅长写颂诗、讽刺诗，也写抒情诗和爱情诗。他的主要精力在于科学研究，所以爱情诗并不多见，但情感真挚，不乏幽默。

"我想赞美阿丽达……"*

我想赞美阿丽达,
想把卡德玛歌颂,
可我的古斯里琴,
弹奏的只有爱情。
不久前所有琴弦,
全都又重新调整,
歌唱阿齐多劳动,
不料,我的琴弦
却依然赞美爱情。
别了,各位头领,
琴弦是那样柔和,
它只想歌颂爱情!

(1738)

---

* 原诗无题,为方便读者,取首句为题,以下同。

亚历山大·彼得罗维奇·苏马罗科夫
（1717—1777）

　　苏马罗科夫毕业于彼得堡贵族军校，是著名剧作家、诗人、翻译家，著有悲剧《霍列夫》《辛纳夫与特鲁沃尔》《冒名为皇的季米特利》和喜剧《特列斯季尼乌斯》《监护人》《无谓的争吵》等。他的情诗生动活泼，具有鲜明的民歌特点。

"某处小树林里……"

某处小树林里，
清浅的溪流喧哗，
那里放牧的羊群，
蹄印儿留在黄沙。
那里的牧女和牧童
站在陡峭的岸上，
又在溪流里戏水，她跟他一起玩耍。

她抓住一把青草，
我不知道为啥，
不知道是不是故意，
牧女跌倒在坑洼。
牧童把她扶起来，
随即在那里躺下，
他在草丛里不停地用手连续胳肢她。

"别开玩笑,小哥哥,"
女孩子开口说话,
"让我站起来去放羊。"
她重复了很多遍:
"别开玩笑,小哥哥,
让我站起来去放羊;
别这样,别这样,让我站起来去放羊。"

"我要喊叫啦,"
她大声吓唬他。
胆大的愣小子不听,
一个劲儿地拥抱她。
牧女不再喊叫,
虽然害怕,却不说话。
我不知道她不再喊叫不说话究竟为啥!

后来发生了什么,
我也不好回答,
我不想多嘴多舌
在这种情况下;

只有远方溪流的回声

似乎在捎来回话：

"哎呀，哎呀，哎呀呀！他们俩在打架。"

(1755)

加甫利尔·罗曼诺维奇·杰尔察文
（1743—1816）

　　古典主义诗人杰尔察文的诗歌创作继承了罗蒙诺索夫的传统，既忠君爱国，又关注现实，诗风庄重、严谨、流畅。他善于从民间文学中吸取养分，爱情诗写得接近于民歌。普希金、涅克拉索夫以及十二月党诗人都受到他的影响。

俄罗斯姑娘

泰斯的歌手[1]！你可见过
那些年轻的俄罗斯姑娘？——
伴随牧人的笛声悠扬，
她们欢跳在春天的草场。
可见过用皮靴踏着节拍，
她们微微低头来来往往，
晃动着肩膀表达心曲，
手臂轻扬引导着目光？
可见过她们雪白的前额，
金色的缎带有多么漂亮？
柔软的胸脯起伏不定，
珍珠项链在轻轻摇荡？
可见过血液红似玫瑰花，

1　泰斯的歌手，指公元前六世纪希腊诗人阿纳克里翁，他出生于小亚细亚的泰斯城。

在蓝色的脉管急速流淌,

酒窝里面洋溢着爱情,

双腮绯红像燃烧一样?

可见过她们动人的眉毛,

明亮的眼睛闪烁光芒?——

回眸一笑能征服雄狮,

雄鹰见了也从天飞降。

如果能看见这些美女,

你必定忘却希腊女郎,

就连厄洛斯[1]也会痴迷,

不再扇动风流的翅膀。

(1799)

---

[1] 厄洛斯,希腊神话中的小爱神,形象为一身生双翼的美少年。

伊万·伊万诺维奇·德米特里耶夫
(1760—1837)

德米特里耶夫出生于塞兹兰一贵族家庭，早年在军中服役，亚历山大一世执政时期曾出任司法大臣。他的情诗属于感伤主义流派，清新委婉，韵律和谐，受到卡拉姆津、克雷洛夫等诗人的赏识。

我曾经幸福

我曾经幸福，无忧无虑的天真日子，
我心幼稚，尚不知爱神为何物。
童年岁月啊！为什么你不长存永驻？
　　　我曾经幸福。

我曾经幸福，令人陶醉的美妙日子，
世界奇妙而动人，皆因心怀爱慕，
那些甜蜜的相思能否去而复返？
　　　我曾经幸福。

我曾经幸福，满怀希望与信任的日子，
克拉丽莎的目光曾使我心潮起伏，
那时节唯一的愿望就是一同享乐！
　　　我曾经幸福。

我曾经幸福,当兴奋连着兴奋的日子,

心中有甜美风暴,我爱得神志恍惚,

啊!那时候我可不害怕伤感的歌:

  我曾经幸福。

(1805)

尼古拉·米哈伊洛维奇·卡拉姆津
（1766—1826）

卡拉姆津是感伤主义代表，其感伤小说《可怜的丽莎》影响深远。他的诗注重抒发内心情感，诗风委婉清新，含蓄隽永。他还是位历史学家，著有十二卷《俄国通史》。

歌

我对命运感到满意——
　　有个贤惠妻子。
丽莎！我能和你在一起,
　　贫穷何足畏惧?

有了你,我再不觉得
　　生活沉重艰难;
有了你,我的好伴侣,
　　时光疾飞如电。

我要赞美自己的命运,
　　不想追求功名;
有了你,艰辛化为甘甜,
　　明眸透着安宁。

你抬起头来向我凝视,
　　我便忘却疾苦;
当你冲我温和地微笑,
　　病体便会康复。

只消你说一声:亲爱的!
　　忧愁烟消云散,
阴郁的目光变得明亮,
　　心里格外喜欢。

人生在世如只想自己,
　　必定活得可怜。
假如我一旦把你失去,
　　紫袍加身也忧烦。

丽莎,倘若命运乖戾,
　　迫使你我分离,
不幸的我该当怎么办?
　　黄土掩埋尸体!

一双斑鸠会指点给你,

看看我的骨灰；

　斑鸠的悲鸣像在哭诉：

　　临终他在流泪！

(1794)

瓦西里·安德列耶维奇·茹科夫斯基
（1783—1852）

　　浪漫主义抒情诗人茹科夫斯基擅长写叙事谣曲，梦幻色彩、感伤情调以及神秘主义倾向是其特有的风格。茹科夫斯基的爱情诗细腻委婉，情调悲凉。普希金对他的诗给予高度评价。别林斯基认为他是俄罗斯第一位真正的抒情诗人，并且说："没有茹科夫斯基，就不会有普希金。"

梦中的幸福

少女走在路上,
　　　身旁是年轻的朋友;
他们满面悲伤:
　　　目光中蕴含着忧愁。

彼此相互亲吻,
　　　吻明眸,又吻双唇——
像花朵顷刻开放,
　　　再现活力与青春!

转瞬即逝的欢愉!
　　　两处钟声当当作响:
惊醒来她在修道院里,
　　　梦破时他身陷牢房。

(1816)

丹尼斯·瓦西里耶维奇·达维多夫
（1784—1839）

达维多夫在军中服役多年，在一八一二年卫国战争中屡建功勋。他在军旅诗歌中塑造了骠骑兵的威武形象：放浪不羁，率直真诚。他的爱情诗细腻流畅，极富表现力和艺术感染力。

我的小星星

海在呼啸,海在呻吟,
我这孤独不驯的小舟,
昏暗中快被浪涛吞没,
正在下沉,正在下沉……

然而,我是幸运的人,
我望见我的小星星闪光——
因此我的心镇定从容,
因此我无忧无虑地歌唱:

年轻的星,金色的星,
你是我平凡生活的希望,
有了你,我就能避开
人世间诸多不幸与祸殃。

一旦那暴风雨的昏暗
迫使你收起自己的光芒,
我对于未来的憧憬,
便跟随你一道沉入汪洋!

(1834)

康斯坦丁·尼古拉耶维奇·巴丘什科夫
（1787—1855）

    普希金格外赞赏巴丘什科夫抒情诗的和谐流畅，说巴丘什科夫的诗句像意大利诗歌一样响亮，说他是一个富有创造性的奇妙诗人。

我的天使

理智给我无尽的烦恼,
然而心难忘,心难忘!
甜蜜的隐情常常来临,
引诱我飞向迢迢远方。
我记得那迷人的声音,
我记得那蓝眼睛闪亮,
我记得那金色的发缕,
随意地翻卷如同波浪。
记得那一身装束简朴,
可爱的形象令人难忘,
总是陪伴在我的身旁。
那就是我的守护天使,
她能安慰离别的忧伤。
怎能入睡?纵在梦乡,
无人宽解我这副愁肠。

(1815)

康德拉季·费奥多罗维奇·雷列耶夫
（1795—1826）

　　十二月党诗人，擅长写政论诗和讽刺诗，《沉思》《公民》等名篇均出自雷列耶夫的手笔。他的爱情诗抒发的也是战士情怀，感伤的情调中掩饰不住昂扬的斗志与豪情。

"你的垂青我不敢承受……"

你的垂青我不敢承受,
我不能享有你的爱情,
对于这情分无力回报,
我的心不配你的心灵。

你一颗芳心多愁善感,
对单纯优雅情有独钟;
我性情暴烈让你畏惧,
而见解尖锐令你惊恐。

你愿意宽恕你的仇人,
我对这柔情感到陌生,
身受侮辱我必定报复,
对我的仇敌决不宽容!

软弱的时刻十分短暂,
我能够控制我的心灵。
不是基督徒不是奴隶,
我再也不能忍受欺凌。

如今我需要别的事业,
我不敢承受你的垂青,
让我动心的唯有战斗,
唯有赴汤蹈火的激情。

啊!我无暇顾及恋爱,
我的祖国正苦难重重,
我所渴望的唯有自由,
沉痛的忧思让我激动。

(1824)

安东·安东诺维奇·杰里维格

（1798—1831）

杰里维格一八一一年进入皇村中学后成为诗人普希金的同学和挚友，毕业后从事文学和出版工作，与十二月党人雷列耶夫关系密切。他擅长写情诗、哀歌、田园诗和小夜曲，有些诗被音乐家格林卡谱成歌曲。

爱 情

何谓爱情？不连贯的梦。
时断时续的诱人美景！
你置身于幻想的怀抱，
忽而沮丧，叹息声声，
忽而陶醉，满怀希望，
扬起双臂去捕捉幻影，
仿佛你在梦境中游荡，
昏昏沉沉，头重脚轻。

（1814—1817）

亚历山大·谢尔盖耶维奇·普希金
（1799—1837）

　　"俄罗斯诗歌的太阳"普希金，具有非凡的艺术才华，创作了八百多首抒情诗，爱情诗在其中占有重要地位。普希金的情诗坦率真诚，充满激情，音韵多姿多彩，流畅和谐，风格清新亮丽，优雅高尚，其中"巴库宁娜组诗""利兹尼奇组诗""沃隆佐娃组诗""冈察洛娃组诗"以及写给凯恩的《我记得那美妙的瞬间》，都是俄罗斯爱情诗篇中的瑰宝。普希金的诗不仅在俄罗斯世代流传，还被译成近百种外文版本，使他成为世界性的一流诗人。

致 画 家[*]

哈丽特[1]灵感宠爱的骄子,
一颗心总是热情激荡,
请你用随意而洒脱的画笔,
为我描绘心上人的形象;

请画她纯真灵秀之美,
画令人痴迷的可爱面庞,
画天庭才有的温婉妩媚,
画她勾魂摄魄的目光。

请为她系上维纳斯腰带[2],

---

[*] 这首诗是献给巴库宁娜的。画家指普希金在皇村中学的同班同学伊利切夫斯基(1798—1837),此人能诗善画。
[1] 哈丽特,希腊神话中美惠三女神之一。
[2] 维纳斯腰带,典故出自古希腊神话,维纳斯为爱情女神,其腰带为爱情的象征。古希腊罗马时期,女子结婚常把编成的彩带献给维纳斯女神以祈求幸福。

婀娜的身姿优雅端庄,
再以阿里斑[1]的风光霞彩,
衬托我所崇拜的女王。

请将她微微起伏的胸脯,
罩上薄纱,纱巾透明如浪,
为的是让她能呼吸自如,
能暗自叹息,抒发衷肠。

请体察怯懦的爱慕之情,
她是我心魂所系的偶像,
我在画像下面为她签名,
幸运的手聊寄一瓣心香。

(1815)

---

1 阿里斑(1578—1660),一译阿里巴尼,意大利风景画家。

酒神之歌

欢声笑语,为什么沉寂?
酒神之歌,该纵情高唱!
祝福那些钟情于我们的少妇
以及脉脉含情的年轻姑娘!
请把酒杯斟得满满!
再把定情的戒指
伴着叮咚的脆响,
投入杯底,投入芳香的酒浆!
让我们举杯,一饮而尽喝个欢畅!
祝缪斯万岁!让理性永放光芒!
燃烧吧,你,神圣的太阳!
面对光焰万丈的智慧,
虚伪和狡诈终将消亡,
正如当朝霞辉煌灿烂,

这盏油灯会失去光亮。
让黑暗消失,永驻吧,太阳!

(1825)

"保佑我吧,我的护身符……"*

保佑我吧,我的护身符,
当我悔恨交加,身遭放逐,
请求你能对我加以保护,
你是我患难中得来的信物。

当海洋掀起了惊涛骇浪,
团团围住我,汹涌奔突,
当乌云密布,霹雳震荡,
保佑我吧,我的护身符。

我在异地他乡咀嚼孤独,
感受着平静无聊的爱抚,

---

* 这首诗是写给伊丽莎白·沃隆佐娃(1792—1880)的。普希金流放南方期间,在奥德萨结识了南俄总督沃隆佐夫的夫人沃隆佐娃,彼此产生恋情。沃隆佐娃送给诗人一枚戒指作为相恋的信物,诗人写了两首诗缅怀这段难忘的经历。

体验着战争烽火的恐怖,
保佑我吧,我的护身符。

闪耀着灵光的甜蜜欺骗,
燃烧在心头的神奇明烛……
烛光悄然隐退已经背叛,
保佑我吧,我的护身符。

但愿回忆永远也不触及
心口的创伤从而引起痛苦,
别了,希望:睡吧,思绪,
保佑我吧,我的护身符。

(1825)

叶甫盖尼·阿勃拉莫维奇·巴拉丁斯基
(1800—1844)

巴拉丁斯基的诗风格清新委婉，独具个性。普希金格外赞赏他写的哀歌，曾经说："巴拉丁斯基真是一位富有魅力的天才。读了他的诗，我再也不敢动笔写自己的哀歌了。"

一 吻

你赏赐给我的这一吻,
总在我的想象中萦绕:
白天喧闹,夜间宁静,
我感觉吻痕仍在燃烧!
只要闭上眼进入梦乡,
就重温欢乐跟你相会,
梦幻消失,幸福消失,
心中只留下爱与疲惫。

(1822)

尼古拉·米哈伊洛维奇·雅泽科夫
（1803—1847）

　　雅泽科夫出生于贵族世家，先后在彼得堡士官学校和捷尔普斯大学学习。他的优秀诗作洋溢着热爱生活、热爱自由的激情，语言生动，节奏明快，韵律优美；爱情、友谊、美酒是他反复吟诵的主题。普希金困居普斯科夫乡下期间，雅泽科夫曾前往探望，与普希金切磋诗艺，结下深厚的友谊。

"爱情呀,爱情!我记得……"

爱情呀,爱情!我记得
你光亮明媚犹如白昼,
你使我兴奋如身生羽翼,
你把我称呼为歌手。

无比神奇,当你第一次
在年轻的胸中鸣响,
你引发诗情,爱的诗句
音韵悠扬,放射金光!

爱的希望美如黎明的星,
又像清澈的湖中涟漪,
它像焰火一样绚丽,
又像一场及时的春雨。

然而消失了，消失了——
爱情奇幻迷人的梦境；
你呼唤它，没有回应，
再也不回来叩击心灵。

费奥多尔·伊万诺维奇·丘特切夫
（1803—1873）

    杰出的哲理诗人丘特切夫，擅长以诗笔探索哲理、分析人情世态、表现个人命运与社会历史的矛盾冲突及其悲剧性，在自然风光描绘中赋予山川草木以灵性。独具风采的"杰尼茜耶娃"组诗，细腻入微地揭示了爱情是心与心"残酷的决斗"，这一独具慧眼的发现前所未有地震撼了读者的心灵。俄罗斯白银时代的象征派与阿克梅派诗人都推崇他的诗作，把他视为导师与先驱。

涅瓦河上

涅瓦河水的轻柔波浪,
又一次闪烁粼粼星光,
爱情又把神秘的小舟
在波光星影之间摇荡。

穿过涟漪,飞向星空,
小舟滑行如驶进梦乡,
载着两个并肩的身影,
它顺流而下漂向远方。

这可是两个顽皮孩子,
在河上消磨闲暇时光?
还是两位快乐的天使,
辞别人间欲重返天堂?

涅瓦河,你优美宽广,
水波浩渺,犹如海洋,
请求你用无边的细浪,
把这小舟的秘密珍藏!

(1850)

定　数

爱情，爱情，世代相传——
爱情是心与心的结盟，
是两颗心的融合、交流，
是不祥的光相互辉映，
又是一场残酷的决斗……

在力量悬殊的搏斗中，
两颗心哪一颗更温柔，
就注定它更忠于操守，
热恋、煎熬、忧伤、麻木、
痛苦，痛苦到难以忍受……

（1850）

阿列克谢·瓦西里耶维奇·柯里卓夫
（1809—1842）

柯里卓夫是出生于沃罗涅什的乡土诗人。十六岁开始写诗，后有幸得到别林斯基的指教与扶植。其诗质朴粗犷，具有浓厚的乡土气息，诗风接近民歌，节奏和韵律均有所创造。爱情诗在其创作中占有重要地位，诗中洋溢着澎湃的激情，无论是爱还是恨，都表达得爽快、泼辣、大胆，与上流社会的诗歌形成了鲜明的对照。

老人的歌

跨上一匹骏马——
马儿轻快如风,
任我纵情奔驰,
疾飞赛过雄鹰,

穿越平川、海洋,
奔向迢迢远方,
我要追赶,挽回
我的青春时光!

收拾打扮整齐,
又是英俊小伙,
那些漂亮姑娘,
再次钟情于我!

哎嗨！没有道路
能够通向往昔！
从未见过太阳，
打从西方升起！

(1830)

歌

我爱他，我的爱
像炎热的白天，像火，
别的人从来没有
从来没有这样爱过！

我活在世上
就只为了他一个；
我向他献出生命，
献出我的心儿一颗！

夜色多美，月光多亮，
当我等待情人的时刻！
脸色苍白，胸口憋闷，
浑身冷得直打哆嗦！

"你在哪儿,我的彩霞?"
听他来了,唱着歌。
一下子攥住我的手
他热烈地亲吻我!

亲爱的,别这样
狂热地亲吻我!
不用亲吻,在你身边
我的血液像着了火;

不用亲吻,在你身边
我的脸就通红灼热,
胸脯止不住怦怦直跳,
眼睛放射光辉
像天上星星闪烁!

(1841)

叶甫盖尼·帕甫洛维奇·葛列宾卡
（1812—1848）

　　葛列宾卡出生于波尔塔瓦，后迁居彼得堡，与普希金、谢甫琴科相友善。葛列宾卡运用俄语和乌克兰语写作，曾将普希金的长诗《波尔塔瓦》翻译成乌克兰语。

乌黑的眼睛

乌黑的眼睛，火热的眼睛，
燎动人心的、美丽的眼睛！
在不祥时刻我们不期而遇，
眼睛让我爱恋，让我惊恐！

哦，深邃而幽暗决非偶然！
我的心如看丧服觉得不幸，
又像目睹熊熊燃烧的烈焰，
我的心被火烤得阵阵疼痛。

既不觉得压抑，也不忧伤，
看来命运在抚慰我的心灵：
幸福全都仰仗上帝的安排，
我甘愿为这明眸作出牺牲。

（1843）

尼古拉·普拉托诺维奇·奥加廖夫
（1813—1877）

奥加廖夫出生于彼得堡一贵族家庭。在莫斯科大学求学期间与赫尔岑结为挚友，因反抗沙皇专制制度而身遭流放。一八五六年流亡国外，在英国与赫尔岑共同创办"自由俄罗斯印刷所"及《钟声报》。他不仅擅长写政论诗，歌颂自由，呼吁反抗，爱情诗写得也很出色，委婉曲折，情真意切，充分显示出诗人个性中极富温情的一面。

"她从来没有爱过他……"

她从来没有爱过他,
他却暗自依恋,把她当作情人;
但他不会用言辞表达,
而把圣洁的爱情埋在内心。

她跟别人结婚走进了教堂;
他像往常进出家门,
无言地偷偷窥视她的面庞,
然后陷入长久的苦闷。

她死了,他日夜思念,
常常偷偷去看她的坟。
她从来就不曾爱过他,
他在回忆中仍然爱着意中人。

(1842)

米哈伊尔·尤里耶维奇·莱蒙托夫
（1814—1841）

  莱蒙托夫出生于莫斯科一贵族家庭。他的诗悲愤激越，峭拔刚劲，以叛逆、抗争、孤独、绝望为主旋律发出了时代的最强音。作为俄罗斯文学的双璧，他与普希金齐名，是普希金诗歌传统的直接继承人。他的诗歌在语言、形式、音韵节奏方面，均有创新与建树。他的爱情诗写得刚柔相济，意象新颖，和谐流畅，许多诗被作曲家谱曲，广为流传。

乞 丐

一个垂死的穷汉枯黄消瘦,
站立在神圣寺院的门口,
饥饿、干渴和痛苦的折磨
使他伸出乞讨施舍的手。

目光中蕴含着哀痛与辛酸,
他只把一小块面包乞求,
不料在伸出的巴掌上面,
竟被人放置了一块石头。

我一如这样乞求你的爱情,
痛苦地流泪、满怀忧愁,
我心中全部美好的情感啊,
竟被你欺骗得这样长久!

(1830)

乌黑的眼睛

无数星星缀满夏天的夜空,
为什么你只有两颗星?!
南方的明眸,乌黑的眼睛,
遇见你叫我失去平静。

人们常常说,夜晚的星斗
是天堂里幸福的象征;
黑眼睛,你是天堂和地狱,
你的星光照彻我的心灵。

南方的明眸,乌黑的眼睛,
我从目光中阅读爱情;
从我们相遇的一刻起,
你是我白天黑夜不落的星!

(1834)

"又寂寞又悲伤,在这心神郁闷的时候……"

又寂寞又悲伤,在这心神郁闷的时候,
　　　　没有人分担我的忧愁。
期望!……徒劳而长久的期望何用之有?
　　　　岁月蹉跎,金色年华似水流!

恋爱?……谁是意中人?短暂的爱容易到手,
　　　　但是难啊,难以爱得长久。
自我反省吗?欢乐和痛苦都无足轻重,
　　　　过往的踪迹已渺茫难求。

激情为何物?——须知那些迷人的症候,
　　　　迟早会被理智的言辞驱走;
而生活——竟如此空虚,如此愚昧可笑,
　　　　当你以冷峻的目光环视四周……

(1840)

阿列克谢·康斯坦丁诺维奇·托尔斯泰
（1817—1875）

　　阿·托尔斯泰是纯艺术派诗人，艺术见解接近诗人费特，主张诗歌应追求永恒的美，远离功利主义。阿·托尔斯泰的爱情诗音韵优美，语言典雅，常从独特的审美角度布局谋篇，笔法简洁明快，韵味隽永。柴可夫斯基等著名作曲家为他的许多抒情诗谱曲。

"既恋爱,就爱个疯狂……"

既恋爱,就爱个疯狂,
既要挟,就不计成败,
既咒骂,就骂个痛快,
既要砍,就砍掉脑袋!

既要吵,就大胆争吵,
既要罚,就罚个明白,
既饶恕,就真心实意,
既欢宴,就红火气派。

(1854)

"提到他的时候,你就低头……"

提到他的时候,你就低头,
不由得血液向鬓角涌流,
且莫自信,你自己还不晓得,
他不过唤醒了你初恋的追求;

他的人品不足以将你吸引,
你心目中的完美他并不具有——
充其量他是你寻求中的寄托,
借以表露欢乐、痛苦和隐忧;

这是缺乏经验,阅历尚浅,
这是生命之光迸发自心头,
把偶然相遇的一切镀成金色
不加选择地统统施予温柔。

(1858)

伊万·谢尔盖耶维奇·屠格涅夫

（1818—1883）

屠格涅夫以诗人身份步入文坛，诗风深挚淡远，擅长以白描手法状物写景、抒情叙事，受到别林斯基的称赞。一八四七年起转向小说创作，《猎人随笔》《父与子》等小说使他名震文坛，他的散文诗也影响深远。

途　中

早晨雾漫漫，早晨白茫茫，
积雪覆盖的原野一派凄凉，
你不由自主回想往昔岁月，
回想那些久已忘怀的面庞；

回想滔滔不绝的热切话语，
回想殷勤而又怯怯的目光，
回想初次相逢，最后相聚，
轻柔可爱的话音响在耳旁；

回想离别时刻不自然的笑，
多少遥远的回忆牵动心肠，
耳畔车轮轧轧不停地抱怨，
仰望寥廓的天空心生怅惘。

(1843)

雅可夫·彼得罗维奇·波隆斯基
（1819—1898）

波隆斯基认为诗歌创作的目的是追求美，其诗歌作品情感真挚，语言优美，音韵和谐，与纯艺术派的代表性诗人费特十分相近，但略有不同，更善于从民间诗歌中汲取养分，诗风更加质朴。俄罗斯第一位诺贝尔文学奖得主布宁对波隆斯基的诗歌十分赏识。

译自波迪仑*

黑夜长着千只眼,
白天只有一只眼,
但没有太阳,整个大地
夜色茫茫,像迷蒙的烟。

理智长着千只眼,
爱情只有一只眼,
但没有爱情,生命凋零,
日月飘流,像迷蒙的烟。

(1874)

---

* 波迪仑(1852—1921),英国诗人。

阿法纳西·阿法纳西耶维奇·费特

（1820—1892）

费特出生于奥尔洛夫省一地主家庭，父亲姓申欣，母亲是德国人。一八四四年毕业于莫斯科大学哲学系语文专业，曾在军队服役多年。作为纯艺术诗派的领袖，费特认为诗歌艺术的唯一目的就是追求美，因而高度重视诗歌的形式和音乐性。他善于把握和表现稍纵即逝的瞬间感受及印象，在格律音韵、诗节结构，遣词造句方面颇多创造。他的爱情诗清新雅致，和谐优美。大文豪列夫·托尔斯泰十分器重他的才华，几十年与他保持真挚的友谊。柴可夫斯基称赞他是"诗人音乐家"，为他的许多抒情诗谱曲，使他的诗歌流传广泛，深入人心。

"耳语,怯生生的呼吸……"

耳语,怯生生的呼吸,
　　夜莺的鸣啭,
轻轻摇曳的梦中小溪,
　　银色的波澜。

月光溶溶,夜色幽冥,
　　幽冥无边际,
迷人面庞变幻的表情,
　　神奇的魅力。

云霄里,玫瑰的嫣红,
　　琥珀的明亮,
频频亲吻,珠泪盈盈,
　　霞光呀霞光!……

(1850)

"多么幸福,夜,只有我们两个!……"

多么幸福,夜,只有我们两个!
明镜似的小河,波面上星光闪烁,
喏,你瞧……抬起头来你瞧瞧:
我们头顶是多么深邃清澈的天色!

噢,任你说我癫狂吧,任你说;
此时此刻我的理智早已沉入旋涡;
我觉得心中翻腾着爱情的波浪,
我不愿,我不会,我不可能沉默!

我痛苦,我陶醉,噢,你听着!
真情难掩饰,你记住,爱情折磨我,
因此我必须要对你说:我爱你——
我爱你!苦苦眷恋的只有你一个!

(1854)

东方谣曲

美丽的伴侣,你我跟什么相似?
我们是两条顺河水穿游的小鱼,
我们是破旧的独木舟上的双桨,
我们是硬壳坚果里的两颗子粒,
我们是生活花朵上的两只蜜蜂,
我们是两颗星嵌在高高的天际。

(1882)

尼古拉·费奥多罗维奇·谢尔宾纳

（1821—1869）

　　谢尔宾纳出生于一个没落的乡村贵族家庭，在希腊裔祖母的影响下从小喜爱希腊文学和艺术。一八四九年他的第一本诗集《希腊诗抄》受到诗坛好评。谢尔宾纳的创作见解接近费特的纯艺术派，其诗注重艺术技巧，并且具有异国情调。

"当我的爱慕搅扰了你的幸福……"

当我的爱慕搅扰了你的幸福,
忘了这些爱吧……何必非要爱我!
感谢你往日给予我的关切, ——
  你的幸福是我生活的寄托。

我该走了……告诉我,可是你
在我的头顶伸展开爱的帐篷?
有了做客之所灵魂得以休憩,
  你的心把我这漂泊者收容……

你的爱趋于冷淡也许事出无奈:
我永远不会责备你,说你背叛……
不!感情像思绪一样变化无常,
  情感自有其存亡的期限……

我真害怕,怕你为我伤心流泪,
怕泪水模糊了你天仙般的明眸……
我幸福是因为你已经把我忘记,
　我幸福是因为还把你记在心头!

(1843)

阿波罗·尼古拉耶维奇·迈科夫

（1821—1897）

    迈科夫出生于莫斯科一艺术家庭，纯艺术派诗人，一八五三年被推选为彼得堡科学院通讯院士。迈科夫的诗追求文化内涵和田园情趣，爱情诗写得典雅优美，真挚动人，独具风采。许多作曲家为他的抒情诗谱曲。

雨　中

你可记得：我们未料到会有雷雨，
远离家门却突然遭到暴雨的袭击；
我们俩匆匆躲在蓬松的枞树之下……
心里觉得惊喜，又感到非常害怕！
阳光照射雨丝，树干上长满苔藓，
我们好像站立在金色的笼子里边；
四周的泥土地上无数珍珠在跳荡，
雨水一滴一滴从针叶上向下流淌；
流淌、闪亮，水珠儿落在你头上，
打湿了你的肩膀又湿了你的衣裳，
你可记得，我们的笑声越来越轻，
突然，一声炸雷滚过我们的头顶——
你吓得眯起眼睛，扑进我的怀里……
感激你呀，雷雨，金子般的雷雨！

（1856）

"不可能！不可能！……"

不可能！不可能！
她活着，马上就苏醒……
你看，她想开口说话，
她会睁开眼睛露出笑容，
看见我，拥抱我——
忽然醒悟我为什么悲痛，
她亲切温柔地向我耳语：
"多可笑！何必痛哭失声！……"

但事实无情……她躺着……
寂静、无声，一动不动……

（1866-04-23）

尼古拉·阿列克谢耶维奇·涅克拉索夫
（1821—1878）

涅克拉索夫出生于乌克兰波多尔斯克省一军官家庭。他关注城市贫民和农民的命运，立志做公民诗人。他的代表作《诗人与公民》《铁路》《红鼻子雪大王》《谁在俄罗斯能过好日子？》，在俄罗斯诗歌史上占有重要地位。他的抒情诗题材广泛，贴近现实，抒情与叙事紧密结合，情感真挚，爱憎分明，具有浓郁的生活气息和强烈的艺术感染力。

"你微黑的可爱面庞……"

你微黑的可爱面庞
现在何处微笑?向谁?
唉,真是孤寂难忍!
我不能告诉任何人!

至今还记得往日黄昏,
你常常含笑来临,
我和你相伴无忧无虑,
两个人何等开心!

你善于表达情感,
脉脉柔情似水,
记得吧,我牙齿晶莹,
尤其让你心醉,

你也曾反复欣赏,
亲吻它们,那样温存!
但我空有一副牙齿,
终究留不住你的心……

(1855)

"你百依百顺,满怀柔情……"

你百依百顺,满怀柔情,
做他的奴隶也心甘情愿,
而他对此却无动于衷,
神色阴郁,态度冷淡。

你可记得……记得从前?——
你年轻、高傲、娇艳,
你戏弄他时面带威严,
那时候他对你多么迷恋!

这就像秋天冷清的太阳
在没有云彩的碧空高悬;
而夏天它放射喷薄之光,
曾经穿透暴风雨的昏暗……

(1856)

列夫·亚历山德罗维奇·梅伊

（1822—1862）

梅伊出生于莫斯科，父亲是入了俄国籍的德国人。皇村中学毕业后，曾在莫斯科省长办公厅任职，担任过中学学监，晚年生活贫困潦倒。一八四〇年起开始发表作品，拥护纯艺术派的宗旨，比费特更加关注社会现实。他的爱情诗以真诚单纯引人注目。除了诗歌创作，他还是一位出色的诗歌翻译家，把歌德、席勒、海涅、拜伦、雨果等诗人的作品译成俄语，把《伊戈尔远征记》译成德语，这些译作受到杜勃罗留波夫的高度评价。

为什么?

迢迢远方的美人儿,
为什么你和我梦中相见?
孤孤单单一个枕头,
刹那之间冒出了火焰!

哎,深更半夜的女子,
你走吧,你的双眼困倦,
你的发辫上沾着烟灰,
你的嘴唇依然那么傲慢。

梦中的一切如在眼前,
青春的幻想已烟消云散,
梦幻已逝,而我心中
只留下令人难堪的幽暗。

迢迢远方的美人儿,
为什么你和我梦中相见?
既然这枕头孤孤单单,
非分之想随之变得冷淡!……

(1861)

伊万·萨维奇·尼基丁

(1824—1861)

尼基丁曾在宗教学校和正教中学读书,后因父亲破产而辍学。他的诗歌创作接近公民诗人涅克拉索夫,诗风悲怆沉郁,擅长抒发劳苦大众的哀伤与悲愤,仇恨农奴制。他受乡土诗人柯里卓夫的影响,借鉴民歌,采用民间口语入诗,不少作品变成了民歌,流传很广。他的爱情诗语言质朴,感情真挚,自成一格。

"那一刻我多么轻松幸福……"

那一刻我多么轻松幸福,
当我倾听着你的话语,
从你的明眸里阅读爱情,
浮想联翩又神情专一!
那一刻忧伤潜藏心中,
头脑也忘了冰冷的责难。
爱的瞬间,千真万确,
是我们生活的美妙瞬间!
然而当我又孤孤单单,
反复思考未来的命运,
我深深陷入无边的苦恼,
多少次止不住泪水淋淋!……

(1850)

米哈伊尔·拉里昂诺维奇·米哈伊洛夫

（1829—1865）

米哈伊洛夫为《现代人》杂志撰稿时与涅克拉索夫结识，接受了革命民主主义观点，成长为公民诗人，因散发革命传单被捕，被判处六年徒刑，后病死在服苦役的矿山中。他有高昂的公民激情，擅长写作政论诗。他的爱情诗语言凝练，情真意切，朗朗上口，便于吟诵。

"只消短短一句话几个字……"

只消短短一句话几个字：
　　知道你活在世上，
　　身体健康，
　　心情开朗，——

四周的景物立刻变得明亮，
　　我又觉得喜悦，
　　纵有万般苦难，
　　我都报以轻蔑。

（1863 或 1864）

尼古拉·亚历山德罗维奇·杜勃罗留波夫
（1836—1861）

　　杜勃罗留波夫出生于下诺夫哥罗德市一神甫家庭，曾在宗教学校和师范学院学习，父母去世后辍学，从事翻译、写作以维持生活。一八五七年结识涅克拉索夫和车尔尼雪夫斯基，成为《现代人》杂志的撰稿人，写了大量的文学评论，成为革命民主主义派的中坚人物。杜勃罗留波夫的诗作关注社会民生，抨击农奴制的黑暗。他的爱情诗文笔清新，颇耐诵读。

轻盈的安琪儿

正当我们在激烈地争辩,
宾主喧哗似江水翻腾,
你来了,走到我们身边,
目光亲切,面带笑容。

争辩戛然而止。没有人
胆敢惊扰此刻的宁静,
"轻盈的安琪儿降临了!"
我陶醉在这遐想之中。

阿列克谢·尼古拉耶维奇·阿普赫京

（1840—1893）

　　阿普赫京起初受涅克拉索夫影响，接近公民诗派，从二十二岁开始转向纯艺术派，一八八四年出版第一本诗集。阿普赫京的抒情诗基调是孤独、忧郁和失望，擅长表现内心世界的矛盾冲突与真情实感。他的爱情诗写得凄楚哀婉，情调悲凉。布洛克对阿普赫京的诗作给予很高评价，并承认自己的创作受到他的影响。

"无论在白天,还是寂静的夜晚……"

无论在白天,还是寂静的夜晚,
无论奔波求生,还是梦中恐惧,
处处伴随我,充实我的生活,
念念不忘、致命的心中焦虑——
　　都是思念你!

思念中我不惧怕往昔的幻影,
再一次恋爱,心儿振奋不已……
信念,幻想,富有灵感的词句,
珍藏在我心中的、神圣的一切——
　　全都来自你!

无论我的日子晴朗还是有风雨,
是否遭遇不测出现意外的结局——
我只知道一点:直到进入坟墓,

我的情感、思绪、力量、歌曲——

全都献给你！

（1880）

弗拉基米尔·谢尔盖耶维奇·索洛维约夫
（1853—1900）

    索洛维约夫出生于学者家庭，毕业于莫斯科大学文史系。作为宗教哲学家，索洛维约夫在诗歌创作中致力于探索人的内心世界和深层意识，并借助形象来暗示扑朔迷离的感觉。他认为只有通过爱才能实现"理想的最高统一"，爱像太阳，是拯救世界的伟大力量。这些深刻的哲理思考都渗透在其抒情诗的字里行间。他的诗歌作品不多，但影响深远，象征派诗人勃留索夫、布洛克、别雷都对他十分推崇，把他奉为导师和先驱。

"可怜的人!一路辛苦……"

可怜的人!一路辛苦,
目光暗淡,花冠凋零,
你走进我的门来休息,
晚霞褪色,一片残红。

你来自何方?去往哪里?
不便提问,心生怜惜;
你只是呼唤我的名字——
我把你默默揽进怀里。

死亡与时光统辖人间,——
不必把他们称为君王;
万物飞旋,沉入幽暗,
不变的只有爱的太阳。

(1887)

因诺肯季·费奥多罗维奇·安年斯基
（1856—1909）

    安年斯基生前只出版了一本诗集《平静的歌》（1904），去世后出版的诗集《小柏木匣》（1910）给安年斯基带来了巨大的声誉。象征派诗人推崇他"善于从出人意料的角度观察每一种现象，抒发每一种情感"。勃洛克赞扬他是"真正的诗人"，具有敏感气质。阿克梅派诗人把他尊为导师。

"在大千世界,星斗闪烁……"

在大千世界,星斗闪烁,
我只把一颗星再三呼唤……
并非是我对她情有独钟,
只因为别的星让我厌倦。

假如我因为疑虑而痛苦,
我请求她单独跟我交谈,
并不是她能够带来光明,
而是她和我能共度黑暗。

(1909)

康斯坦丁·米哈伊洛维奇·伏方诺夫
（1862—1911）

　　伏方诺夫起初推崇纯艺术派，学习费特，沉溺于幻想，注重诗艺的追求，出版了诗集《阴沉的人》《春天的诗》。十九世纪九十年代末转向象征派，对勃留索夫、谢维里亚宁等诗人的创作产生了有益的影响。他的诗歌作品是连接纯艺术派和象征派的中间环节。

"我需要你爱情的阳光……"

我需要你爱情的阳光,
不要用猜忌使我扫兴!
我的生活是你的寄托,
你的激情滋润我性命。

在无底深渊上空滑行,
我从不追寻人间吉庆,
但我不能没有你的爱——
像生命不能没有心灵!

(1892)

谢苗·雅可夫列维奇·纳德松
（1862—1887）

纳德松出生于彼得堡，九岁开始写诗，十五岁初次发表诗作，一八八五年出版的第一本诗集获得了俄罗斯科学院普希金奖，从而声名鹊起。纳德松继承了涅克拉索夫的公民诗歌传统，反对纯艺术倾向，关注社会问题。诗人曾爱慕他同学的妹妹娜达莎·捷舍沃娃，但少女的夭折使他陷入深深的痛苦，因此，他的爱情诗情调哀婉而凄凉。

"我祈求爱,唯独祈求爱!……"

我祈求爱,唯独祈求爱!
像个祈求施舍的乞丐,
像流浪者在漂泊途中,
遇到了暴雨,电闪雷鸣,
在别人屋檐下请求躲避,
我祈求爱,怀着忧伤与惊恐。

(1884)

费奥多尔·库兹米奇·索洛古勃
（1863—1927）

　　索洛古勃出身贫寒，毕业于师范学校后多年当乡村中学教师。他推崇叔本华哲学，认为"恶"是生活的本质，因而诗风孤傲冷峻。他是象征派诗人，但有些爱情诗写得构思新颖，耐人寻味。

"爱我吧,爱我吧,寒冷的月亮!……"

爱我吧,爱我吧,寒冷的月亮!
请你吹响珠玉号角在空中赞美我,
当你升上夜空,洒下清冷的光。
大地充满了罪恶没有一个人爱我。

每到夜晚明亮的你闪烁澄澈之光,
我这大地的放逐者,忧伤而温和,
多少次我仿佛乘坐你迅捷的小船,
在幽暗中凝视着你,陶醉于月色!

随后我不得不再次投入日常的喧嚣,
我的道路漫无目的,辛劳让我倦怠,
你的清光如流,滋润我这疲惫的心。
寒冷的月亮,爱我吧,请赐予我爱!

(1909-12-28)

维亚切斯拉夫·伊万诺维奇·伊万诺夫

（1866—1949）

维·伊万诺夫出生于莫斯科。一九〇三年出版的诗集《导航星》引起诗坛好评，诗集《通体透明》进一步奠定了维·伊万诺夫在俄罗斯白银时代诗歌界的地位。一九〇五年回到俄国后，他成为象征派的重要诗人和理论家。一九二四年移居意大利，最终客死于罗马。他的诗多以古希腊、古罗马文化为素材，具有宗教神秘主义和哲学思辨色彩。

爱　情

我们是霹雳烧毁的两棵树干，
我们是午夜松林的两朵火焰；
我们是划过夜空的两颗流星，
我们是命运与共的双镞箭。

我们是两匹马，缰绳相连，
因共同的马刺而痛苦不堪，
我们是拥有同一视线的双眸，
是双翼，为共同的理想振颤。

我们是屈辱情侣的两条影子，
在圣陵大理石上留下的痕迹，
这里崇尚远古时代的美丽。

声音不同的双唇共有一个隐秘，

我们俩都是自己的斯芬克斯，

我们是同一个十字架的双臂。

(1911)

康斯坦丁·德米特里耶维奇·巴尔蒙特
(1867—1942)

　　巴尔蒙特出生于弗拉基米尔省一贵族家庭。他是白银时代最负盛名的象征派诗人,曾被推举为"诗歌之王"。他擅长抒发瞬间的内心感受,诗句华美,追求韵律的音乐性,被誉为"俄罗斯诗坛的帕格尼尼"。他跟女诗人米拉·洛赫维茨卡娅有一段恋情,两个人写的情诗广为流传。主要诗集有《北方天空下》《寂静》《燃烧的大厦》《我们将像太阳》。

"爱情的语言向来凌乱……"

爱情的语言向来凌乱,
像黎明时刻天上的星星,
像颗颗珠钻,簌簌抖颤;
像旷野淙淙作响的清泉,
从洪荒远古流到今天,
还将流淌,流淌到永远;
永远颤抖,随处蔓延,
像光,像空气无所不在,
像芦苇一样轻轻摇摆,
像沉醉的鸟儿翅膀振颤,
与另一只鸟儿追逐嬉戏,
翩翩飞舞,飞向云间。

(1894)

"我知道有一天看见你……"
——给米拉·洛赫维茨卡娅*

我知道有一天看见你,
  我会爱你,爱到永远。
从女人当中挑选女神,
  我期待,我的爱情无限。

假如处处的爱都是骗局,
  我们也将分享爱的甘甜。
如果我和你还有缘相遇,
  你我挥手告别像路人一般。

罪孽、微笑、梦幻时刻,
  我和你之间相距遥远,

---

* 米拉·洛赫维茨卡娅(1869—1903)俄罗斯女诗人,擅长写爱情诗,一八九六年获俄罗斯科学院颁发的普希金奖。

这个国家是为我们缔造，

　　没有爱，也没有缺陷。

(1897)

米拉·亚历山德罗芙娜·洛赫维茨卡娅
（1869—1905）

　　洛赫维茨卡娅于一八九六年出版的第一本诗集，荣获俄罗斯科学院普希金奖。她擅长写爱情诗，能细腻真切地展示女性的内心世界，渴望幸福，追求理想，风格开朗、活泼、大胆，形象鲜明，独具一格。她是俄罗斯现代派诗歌的先驱之一，未来派诗人谢维里亚宁和阿克梅派诗人阿赫玛托娃都受到了她的影响，茨维塔耶娃情诗的热烈与难以遏制的力度，十分接近洛赫维茨卡娅的风格。和诗人巴尔蒙特的相爱相恋，给洛赫维茨卡娅带来了甜蜜和恐惧，带来了喜悦和忧伤。流落国外的巴尔蒙特为女儿起名米拉，显然是对洛赫维茨卡娅的缅怀与思念。

"假如我的幸福是自由的鹰……"

假如我的幸福是自由的鹰,
假如它翱翔在碧蓝的天空,
  我愿搭弓射箭让箭镞唱歌,
  一定射中它不管是死是活!

假如我的幸福是奇异的花,
假如它盛开在陡峭的悬崖,
  我发誓攀上绝壁无所畏惧,
  摘来鲜花并畅饮它的香气!

假如我的幸福是贵重指环,
假如这指环埋在河泥下面,
  我必化作美人鱼潜入河底,
  戴上这指环让它光彩熠熠!

假如我的幸福藏在你心中,
我让神火烧灼它昼夜不停,
　　让这颗心献给我忠贞不渝,
　　只要一想到我就跳荡不已!

　　　　　　　　　　（1891-01-20）

"你的双唇是两片石榴花瓣……"

你的双唇是两片石榴花瓣,
但蜜蜂难以从中得到安慰。
　　我一度贪婪地畅饮,
　　　品味甜蜜,感受陶醉。

你的睫毛是黑夜的翅膀,
但黎明前不会沉入梦乡。
　　我凝神注视一双明眸,
　　　瞳孔里边有我的影像。

你的心灵像东方的哑谜,
包含神奇童话却不荒诞。
　　你的一切全都属于我,
　　　至今呼吸在我的耳畔。

(1899)

济娜伊达·尼古拉耶芙娜·吉皮乌斯
（1869—1945）

吉皮乌斯是著名作家梅列日科夫斯基的妻子。吉皮乌斯的象征派诗歌热衷探索宗教、祈祷、爱情与死亡等主题，诗风冷峻，形式严谨，在俄罗斯侨民文学中占有重要地位。

爱是唯一

只有一次浪涛汹涌,
碎成浪花分崩离析。
一颗心灵容不得背叛,
没有背叛:爱是唯一。

我们愤怒,或者游戏,
或者撒谎,但心灵静谧。
我们从来不会背叛,
心是唯一,爱是唯一。

漫步平生,单调荒凉,
可单调具有顽强之力,……
人的一生十分漫长,
地老天荒,爱是唯一。

两心相许，永不背叛，
忠贞在于始终不渝。
路越遥远，越近永恒，
一切彰显：爱是唯一。

我们的鲜血浇灌爱情，
心灵忠诚，坚定不移，
我们心心相印共享爱情，
爱是唯一，如同死是唯一。

(1896)

伊万·阿列克谢耶维奇·布宁
（1870—1953）

　　布宁是俄罗斯文学知识派最有影响的诗人，一九○一年获得俄国科学院普希金奖的诗集《落叶》使其声名鹊起。布宁的诗歌与散文继承了俄罗斯批判现实主义文学的优良传统，不仅在国内得到高度评价，而且产生了广泛的国际影响。高尔基赞扬他是"当代第一诗人"。他从一九二○年起长期侨居法国，一九三三年荣获诺贝尔文学奖，成为获此殊荣的第一位俄罗斯文学家。他的爱情诗以准确、精致的文字，抒发情怀，形象鲜明，色彩逼真。

"我和她很晚时还在原野……"

我和她很晚时还在原野,
颤抖的我接触温柔的唇……
"你跟我尽管凶猛粗鲁!
我愿意你把我抱得更紧。"

她喘不过气来悄悄请求:
"让我歇歇,舒服舒服,
不要亲得这么狠这么疯,
让我的头枕着你的胸脯。"

天上的星星冲我们闪烁,
露水的气息散发着清香。
我的嘴唇一直轻轻亲吻,
吻她的辫子和滚烫面庞。

她已经瞌睡。有次醒来，
蒙眬中像孩子喘了口气，
面带着微笑瞅了我一眼，
然后倚着我贴得更紧密。

旷原的夜晚漆黑又漫长，
我久久守护酣睡的姑娘……
后来天边渐渐变成金色，
看东方悄悄出现了光亮。

新的一天，原野很凉爽……
我轻轻地小声叫醒了她，
身披红霞我们走过草地，
踩着晶莹露珠送她回家。

（1901）

永不泯灭的光

在原野，在乡村公墓，
　　在苍老的白桦林里，
没有坟茔，没有遗骨——
　　那里只有幻想的天地。
夏天的风轻轻吹拂，
　　绿色枝条随风摇摆，
你的笑容似一线光明，
　　如丝如缕朝我飞来。
不是十字架和墓碑——
　　此刻，在我的面前
依然是那一身连衣裙，
　　目光明亮楚楚动人。
莫非你当真独守寂寞？
　　难道陪伴你的不是我？
另外一个我留在往昔，

相距遥远，万重阻隔。
今天这个人间世界，
　　再没有从前那个少年，
事过境迁，人已衰老，
　　逝去的青春永不复返！

（1917）

苔　菲

（1872—1952）

　　苔菲原名娜杰日达·亚历山德罗芙娜·洛赫维茨卡娅，诗人米拉·洛赫维茨卡娅的妹妹。一九一七年后流亡法国，在巴黎的侨民杂志上继续发表作品。

"我的爱情像奇怪的梦……"

我的爱情像奇怪的梦,
黎明之前忧伤的梦境……
它被沉默的星星点燃,
聆听着星光的告别声!

我的爱情像白鸟纷飞,
勇敢的群鸟满怀希望,
它们飞向天边的朝霞,
飞向最后的一缕霞光!……

我的爱情仿佛一盏灯,
点亮它的是无声的神。
我的爱情,我的嘴唇——
并不需要你爱抚亲吻!

(1910)

瓦列里·雅可夫列维奇·勃留索夫
（1873—1924）

　　勃留索夫出生于莫斯科一商人家庭，毕业于莫斯科大学文史系，在大学期间受法国象征派影响，主编诗集《俄国象征主义者》。一八九九年，勃留索夫创办"天平"杂志和"天蝎"出版社，为象征诗派开辟了出版阵地，从而成为象征派公认的先驱和领袖。他的诗风较为明朗，从容大度，闪耀着学识与智性之光。高尔基称赞他是"最有文化素养的作家"。

克娄帕特拉*

我是克娄帕特拉,我是女王,
整整一十八年我是埃及的主宰,
永恒的罗马覆灭,拉基特王朝消亡,
棺椁并没有保存我可怜的遗骸。

在世界的伟业中我微不足道,
我的全部岁月是连续不断的享乐,
狂热地沉溺于淫荡,自取毁灭,
不过,诗人啊,你还得听命于我!

虚无缥缈的幽灵让你迷醉不休,
像征服帝王一样我又把你来引诱,——
我又成了女人,在你的幻想中浮现。

---

* 克娄帕特拉(公元前 69—前 30),埃及托勒密王朝的末代女王(公元前 51—前 30 在位),以美艳淫荡著称,世称埃及艳后。

你永世不朽是靠艺术神奇的威力,
我世代长存凭借着娇艳和情欲,
我整个生命是万古流芳的诗篇!

(1899)

献给爱神的颂歌

为了这奇妙瞬间持久延续,
为了半睁半闭的蒙眬眼波,
为了温润的唇紧贴我的唇,
为了这里悠悠燃烧的灯火,
为了心与心交融共同跳动,
相思相恋由一声叹息连接,——
  你啊,阿佛洛狄忒[1],
  请接受我的颂歌!

为了田野黯然失色的日子,
等待北风卷来寒潮的时刻,
你的光像剑在我头顶闪烁,

---

[1] 阿佛洛狄忒,希腊神话中的爱神,宙斯的女儿,一说诞生于大海的浪花。有关她的传说是西方爱情诗歌取之不尽的源泉。

我的花园又变得明丽炽热,
北风吹不败一片葱茏绿色,
远方乐曲飞扬,开遍花朵,——
　　你啊,阿佛洛狄忒,
　　请接受我的颂歌!

为了将来必然实现的一切,
为了这个梦很快就要完结,
我看见相互拥抱着的臂膀,
愁云密布时刻不得不分别,
爱情把她的奴仆引向地狱,
热切的情欲之中隐含毒液,——
　　你啊,阿佛洛狄忒,
　　请接受我的颂歌!

（1922-08-13）

马克西米利安·亚历山德罗维奇·沃洛申
（1877—1932）

沃洛申出生于基辅，就读于莫斯科大学法律系。沃洛申曾游历欧洲，关注西方文化，深受法国象征派影响。

"你的爱,像银河一样……"

你的爱,像银河一样,
让我全身闪烁着星光,
梦乡如明镜水深无底,
隐藏的钻石光彩熠熠。

黑暗如铁你泪水闪亮,
你是星星滴落的苦汁。
我在幽暗迷茫的地方——
霞光失色,毫无意义。

夜晚可惜……是因为,
星光永恒痛苦而甜蜜,
让我们的心生死相依!

我的日子冰冷……看!

钻石般的星闪烁抖颤

霞光无痛跟寒冷相伴。

（1907-03）

"这个夜晚我将成为一盏灯……"

这个夜晚我将成为一盏灯
握在你温柔的手掌中……
切莫在石头台阶上摔倒,
屏住呼吸,别摔碎这盏灯。

缓缓穿过你宫殿的幽暗
端着这盏灯,你要慎重——
我们的心会剧烈跳荡,
跳荡得难以把控……

一缕缕纤细的光线——
穿过你一条条手指缝——
我将圣洁地燃烧,难道
不是你点燃了我这盏灯?

(1914年夏)

亚历山德拉·彼得罗芙娜·帕尔考

（1877—1954）

　　帕尔考出生于波尔塔瓦，曾在第比利斯上中学，一九一六年随丈夫移居中国哈尔滨，对哈尔滨的侨民文学有重要影响，在家中组织了诗歌团体"年轻的丘莱耶夫卡"。一九三三年迁居上海。帕尔考从一九二〇年开始发表诗歌作品，一九三七年在上海出版了诗集《不灭的火焰》。她的爱情诗柔中有刚，文字凝练，比喻新奇。

亲吻的颜色

绿荫的凉亭带有长椅,
晴朗的夏日气息柔和,
宽阔的池塘水面平静,
那里有你和我!

幸福的幻想无穷无尽,
话语不断,思绪纷纭,
青春的笑声无忧无虑,
初次接吻,热烈、稚嫩——
那是青涩的亲吻。

窗户敞开,碧空高远,
天鹅绒窗帘银光熠熠,
你的目光如亢奋的火焰,
拥抱我的是你!

月光流泻，寂静而兴奋，
耳畔的絮语细碎而强劲，
你视线灼热，充满情欲，
滚烫的吻印在我的嘴唇——
那是鲜红的亲吻。

沉思的朝霞平静闪烁，
长廊有紫罗兰的芳馨，
我们坐在藤萝架下面，
手跟手握得紧紧。

夕阳的霞光燃烧欲尽，
阳台无声，我们沉默……
别了，别了，最后一吻，
簌簌颤抖，刻骨铭心——
那是紫色的亲吻。

眼睛的彩虹

天蓝的眼睛……祖祖辈辈受赞颂,
眼睛充满爱的问候, 天堂般宁静,
眼睛里白天使的忧伤不宜觉察,
沉思的圣母蒙着天蓝色的面纱,
远方的天鹅正做着猜不透的幻梦。

碧绿的眼睛, 诗人的梦呓与憧憬,
深潭轻悄的雾, 大海上波涛汹涌,
纤细草茎上太阳明晃晃的反光,
妖女醒来的问候如同哑谜一样,
柔软的灵蛇脊背上鳞片光彩晶莹。

乌黑的眼睛与梦乡又与地狱相通,
午夜, 幽暗, 旧式法衣的天鹅绒,
追荐亡灵的葬礼上点燃的灯盏,

窗口敞开朝向花园夜晚的深渊，
令人销魂、缭绕如烟的神秘激情。

不太引人注意的只有栗色眼睛，
琥珀色眼睛是无数野兽的眼睛，
在创造世界的微笑中不停地闪烁，
为千秋万代照明，燃烧不熄如火，
古希腊野蛮人尚无心机的眼睛。

眼睛里发黄的干草燃烧在阳光中，
像远古的霞光，他们的心地纯净，
干草叶子沙沙响，羽茅草摇晃，
幸福的人往往是目光映着星光，
他观察这世界透过琥珀色的棱镜。

安德列·别雷

（1880—1934）

　　安德列·别雷原名鲍里斯·尼古拉耶维奇·布加耶夫，出生于莫斯科一大学教授家庭，一九〇一年毕业于莫斯科大学数理系，酷爱数学、音乐和诗歌。别雷的象征派诗歌联想奇异，构思不落俗套，并具有神秘主义色彩。

给 阿 霞

又一次看见金色秀发,
充满爱意的天蓝视线;
再次听见飘忽的声音,
我属于你又把你陪伴。

又在霞光的梦境歌唱,
绿松石一般闪烁光彩;
你快来吧,我的公主,
公主啊,到我身边来!

绿松石波浪轻轻涌动,
与徐徐春风相互呼应;
我在这波浪之中沐浴,
你光彩四射通体透明!

(1916-09)

亚历山大·亚历山德罗维奇·勃洛克
（1880—1921）

　　勃洛克大学期间因出版处女作《丽人集》而崭露头角。作为象征派诗人，他善于以象征和暗示的艺术手法抒发情怀，展示理想，追求真、善、美。其抒情诗语言明快，音韵和谐，意境清新。俄罗斯诗歌界公认他是"承前启后的大诗人"，阿赫玛托娃称赞他是"时代的男高音"。

陌生女郎

每逢傍晚，酒楼餐馆
气氛热烈、野蛮又粗犷，
醉醺醺的呼喊此起彼伏，
彰显春情的激昂与放荡。

远处，小巷里飞尘弥漫，
郊外的别墅惆怅又压抑，
面包店招牌有一抹余晖，
时不时传来孩子的哭泣。

傍晚总有人歪戴着礼帽，
挽着太太在运河边游逛，
沿着雕花护栏随意散步，
说俏皮话逗笑是其特长。

湖面上传来划船的桨声,
偶尔听见女人的尖叫,
而一轮铁饼似的圆月,
冷漠无情地飘浮在云霄。

每天夜晚我的杯中酒浆,
都映照那唯一的知音,
这辛辣的苦酒显得神秘,
她像我一样温和沉闷。

那些睡眼蒙眬的侍者,
在桌子旁边呆呆站立,
醉汉们眼睛红如兔子,
叫嚷:"酒中自有真理!"

每逢夜晚, 在约定时刻,
(也许这只是我的梦幻?)
身着绸缎的苗条女郎,
在烟雾迷茫的窗前显现。

她缓缓穿行在醉汉之间,

始终独自来往,无人陪伴,
浑身散发雾蒙蒙的香气,
她从从容容落座在窗边。

帽子上插着送葬的羽毛,
她的丝绸衣裳富有弹性,
纤细的手指戴着钻戒,
像吹来古代神奇的风。

被神秘的亲近感降服,
向那黑色的面纱凝望,
我看见了迷人的彼岸,
那迢迢远方令人神往。

深奥的秘密托付于我,
仿佛我捧着一轮太阳,
我的灵魂被照得雪亮,
浑身浸透辛辣的酒香。

那微微倾斜的鸵鸟羽毛,
一直在我头脑里摇晃,

那双蓝色眸子深不可测，
在遥远的岸上依然闪亮。

我的心里存放着珍宝，
唯独我自己握着钥匙！
醉汉呀，你说的话不错！
我深知：酒中自有真理。

（1906）

索菲娅·雅可夫列芙娜·帕尔诺克
（1885—1933）

　　帕尔诺克出生在塔甘罗格的一个医生家庭，原姓帕尔诺赫。从童年起帕尔诺克就表现出性格与众不同，曾在日内瓦音乐学院和日内瓦大学语文系学习，回国后一度在《北方纪事》杂志担任编辑。先后出版多部诗集。她的作品具有新古典主义风格，用词考究，富于音乐性。著名诗人沃洛申对她十分赏识。

嘎泽勒

能带来抚慰解忧烦——你的手,
俨然是一朵白玉兰——你的手。

冬日中午叩击爱情,暖在心头,
像貂皮茸毛那样柔——你的手。

噢,又像是蝴蝶在手臂上停留,
停短暂一瞬就飞走——你的手!

带来灼痛,让我以及我的对头,
都服服帖帖不开口——你的手!

我心情澎湃,激荡着滚滚热流,
哦,像任性的王后——你的手!

在我的心里留下了非凡的感受：
这颗心归你所有！——你的手。

（1915）

尼古拉·斯捷潘诺维奇·古米廖夫
（1886—1921）

古米廖夫出生于军医家庭。皇村中学毕业后，曾就读于彼得堡大学历史哲学系，后留学法国，在欧洲漫游。一九一〇年与安娜·阿赫玛托娃结婚。古米廖夫的早期作品受巴尔蒙特影响，情调忧伤，具有浓厚的浪漫色彩，随后形成自己的风格——豁达明快，语言优美，结构严谨，最终成为阿克梅诗派的领袖。

唐　璜

我的梦想崇高而单纯：
手持船桨或脚踩马镫，
欺骗步履迟缓的时间，
永远亲吻新鲜的芳唇。

晚年接受耶稣的约言，
低垂目光，扬弃灰烬，
把那沉重的铁十字架，
放到胸前，紧贴着心！

只有当胜利的狂欢中，
突然醒悟我像梦游者，
路沉寂，我惊慌失措，

我想起许多荒唐经历，

没有女人曾为我生育,
我从不曾称谁为兄弟。

(1910)

疑　惑

静悄悄的傍晚时分我孤身一人，
我情不自禁地思念您，思念您。

捧起一本书：一读冒出来个"她"，
心儿又一次沉醉，情怀乱如麻。

我一头扑倒在床，卧榻吱吱响，
枕头灼热，睡也睡不着，我盼望……

踮起脚跟我轻轻地走近玻璃窗，
望一眼雾笼草地，看看月亮。

在花坛旁边您曾对我说过一声"好"，
这个"好"字永远在我的心头萦绕。

突然,潜意识抛给我一句答案:
温顺多情的您早已经离开人间。

您说的"好",您在松树旁的抖颤,
您的吻:都是春天的呓语和梦幻。

(1912)

弗拉基斯拉夫·费利齐阿诺维奇·霍达谢维奇（1886—1939）

霍达谢维奇出生于莫斯科，中学毕业后考入莫斯科大学。一九〇五年开始发表诗歌作品，一九〇八年出版第一本诗集《青春》。一九二二年离开俄罗斯后侨居巴黎，在国外出版的诗集《沉重的竖琴》为他带来了声誉，使他成为俄罗斯侨民诗人中的佼佼者。霍达谢维奇注重传统与创新的结合，被高尔基称赞为"新古典主义的经典诗人"，是"伟大而冷峻的天才"。别雷和纳博科夫等诗人对他的创作赞赏有加。

雨

我从心里高兴：城市经过冲洗，
昨天还蒙着尘土的房顶，
今天像罩上了一层明亮的绸子，
银子似的水闪烁流动。

我高兴，我的心渐趋平静，
望着窗口，面带笑容，
只见你一个人从旁边经过，
在光滑的街道脚步匆匆。

我高兴，雨越下越猛，
你躲进了别人家的门洞，
甩一甩湿淋淋的雨伞，
抖去身上水珠，从从容容。

我高兴，你忘记了我，
当你走下那个台阶，
再也不看我的窗户，
再也不冲我抬起眼睛。

我高兴，你从旁边走过，
毕竟我还能看见你的身影，
那样美丽，那样清纯，
像春天一样富有激情。

（1908-04-07）

伊戈尔·谢维里亚宁

（1887—1941）

伊戈尔·谢维里亚宁原名伊戈尔·瓦西里耶维奇·洛塔列夫，出生于军官家庭，一九〇五年开始发表未来派诗作，诗风飘逸隽永，有浓郁的抒情性与和谐的音乐性，曾被推举为"诗歌之王"。

爱　情

爱情——是梦中之梦……

爱情——是琴弦的奥秘……

爱情——是幻想的天堂……

爱情——是月亮的传奇……

爱情——是情感王国的心灵……

爱情——是超脱形体的少女……

爱情——是铃兰花的音乐……

爱情——是狂风、是暴雨！……

爱情——是赤裸的贞洁……

爱情——是七色的虹霓……

爱情——是一滴欢乐的泪……

爱情——是没有词的歌曲！……

（1908-11）

不期而至的来信

已经七年她不曾来信,
已经七年她保持沉默,
不过,现在春天来临,
或许她觉得日子难过。

对于我们苦命的女儿,
她在信中竟只字不提,
手中那支笔平静自如,
字字行行只叙写悲戚……

这封信缺乏温情气息,
恰似十月的落日余晖,
字里行间散发出冷淡,
她竟然描写她的姊妹。

哎，我是否应该答复？
我要不要写一封回信？……
没料到今天这个夜晚。
忧烦一再搅扰我的心。

（1920）

萨姆伊尔·雅可夫列维奇·马尔夏克
（1887—1964）

　　萨·马尔夏克的哲理抒情诗语言平易，形式简洁，抒情主人公往往是一位慈祥智慧的长者。他的爱情诗含蓄深沉，自成一格。一九六三年，他凭借《抒情诗选集》荣获列宁奖。

"爱情的分量沉重……"

爱情的分量沉重,
　　即使由两个人担承。
如今由我自己
　　承载我和你的爱情。
珍视你我的情分,
　　心怀妒忌却又神圣,
但为了谁？为了什么？——
　　我自己也难以说明。

(1962)

阿尔谢尼·伊万诺维奇·涅斯梅洛夫
（1889—1945）

涅斯梅洛夫从一九二四年起居住在中国的哈尔滨，一九四五年回国。

难 忘
——给安娜

难忘苦涩拘谨的那些傍晚，
难忘笼罩台阶的寂静……
难忘清纯。难忘可爱的芳名，
难忘你的手指纤细，
触摸我的面庞，轻轻。

难忘少言寡语。难忘誓言沉重，
山盟海誓源自深邃的心灵。
难忘目光洒脱，如美酒盈杯，
充满了无限温柔的深情。

难忘手臂柔弱。难忘果敢秉性。
难忘佯装拒绝的表情。
难忘抛却表演的真诚，
给人鼓舞，如暴雨狂风，
难忘不可重复的尾声。

尼古拉·尼古拉耶维奇·阿谢耶夫

（1889—1963）

阿谢耶夫一九一三年开始发表作品，未来派诗人，代表作是长诗《马雅可夫斯基正在开始》。他的爱情诗充满浪漫激情，构思不落俗套。

"没有你,我难以生存!……"

没有你,我难以生存!
没有你,下雨也干渴,
没有你,天气炎热我也冷,
没有你,莫斯科成了荒漠。

没有你,我痛苦煎熬,
分分秒秒,度日如年!
没有你,蔚蓝色的天空
在我看来竟像石头一般。

我什么也不想知道——
朋友冷淡,对手强硬,
我什么也不想等待——
只期待听见你的脚步声。

(1960)

安娜·安德列耶芙娜·阿赫玛托娃
（1889—1966）

阿赫玛托娃本姓高连科，出生于敖德萨一海军机械工程师家庭，曾就读于皇村中学、基辅女子高等学校。一九一〇年与诗人古米廖夫结婚。她十一岁开始写诗，诗集《黄昏》（1912）和《念珠》（1914）的出版，立刻引起诗坛的重视和好评。她的作品委婉细腻，语言凝练，篇幅短小，擅于在抒情中糅进戏剧性冲突，注重生活细节，常以白描手法抒发女性心理、爱情体验和失恋的痛苦，因而她被誉为"二十世纪俄罗斯的萨福""俄罗斯诗坛的月亮""哀泣的缪斯"。阿克梅派诗人阿赫玛托娃在西方也享有盛誉，一九六四年被授予意大利"埃特内·陶尔敏"国际诗歌奖，一九六五年被英国牛津大学授予名誉博士学位。

灰眼睛国王

荣耀属于你,难以言传的悲伤!
灰眼睛国王昨天竟然意外死亡。

秋天的傍晚沉闷,夕阳红似火,
我的丈夫回家来平平静静地说:

"他打猎的时候死啦,告诉你,
在老橡树旁边发现了他的尸体。"

"王后真可怜。她还那么年轻!……
一夜之间白了头,她实在悲痛。"

把壁炉上的烟袋一把抓到手里,
为夜晚值班,丈夫向门外走去。

我立刻把我的小女儿叫醒,
一再注视她那双灰色的眼睛。

窗外的白桦树沙沙作响:
"人世间再没有你的国王……"

（1910）

爱　情

忽而像施展魔法的灵蛇，
缩做一团，潜藏心窝；
忽而像白色窗口的信鸽，
一连几天咕咕咕不歇；

忽而闯入紫罗兰的梦境，
忽而在霜雪中闪烁……
如此忠实而又神秘，
叫你郁郁寡欢心怀忐忑。

擅长甜蜜地号啕痛哭，
拨动忧伤的祈祷琴索，
在尚且陌生的笑容里
可真害怕把她猜破。

（1911）

最后一面的歌

胸口一阵绝望的寒战,
我却轻快地迈动双脚,
慌乱中我竟然给右手
戴上了左手的手套。

楼梯似乎总也走不完,
可我知道:只有三级,
秋天的枫树沙沙作响,
对我说:"跟我一道去死!

我被无常的命运欺骗,
命运凶险,让人寒心!"
我说:"亲爱的,我也是,
我愿意跟你同归于尽……"

这就是最后一面的歌,
我望一眼昏暗的楼房。
只有卧室里那支蜡烛,
依然放射冷漠的黄光。

(1911)

鲍里斯·列昂尼多维奇·帕斯捷尔纳克
（1890—1960）

　　帕斯捷尔纳克早年爱好音乐，曾学习作曲，后转向诗歌创作，接近未来派，诗作受西方现代派和印象主义美学影响，充满隐喻和大胆而奇特的联想，从独特的视角观察生活，底蕴不俗。他的爱情诗意象新奇，凝练含蓄，耐人寻味。

收拢船桨

在梦的怀抱里小船跳荡,
垂柳摇摆,亲吻着船桨,
亲吻锁骨、双肘,等一等,
这种事几乎人人都会发生。

所有的人都在歌中以此自慰,
须知这意味着丁香烧成灰,
撕碎含露的甘菊把华美追求,
凭唇与唇相吻换满天星斗!

须知这意味着拥抱天空,
想用双臂搂抱大力士神灵,
须知这意味着连续百年,
听柳莺歌唱挥霍无数夜晚。

(1917年夏)

啤 酒 花

为避雨我们躲进柳丛,
那柳丛缠绕着常春藤。
舒展双臂我拥抱着你,
我们的肩膀遮着斗篷。

我错了。缠绕柳丛的
不是青藤而是啤酒花。
这倒更好,且把斗篷
整个铺展开垫在身下。

(1917年夏)

谢尔盖·雅可夫列维奇·阿雷莫夫

（1892—1948）

阿雷莫夫一九一七年到中国，先后在哈尔滨、上海生活，担任过文艺月刊《窗》的编辑。在哈尔滨出版过三本诗集：《温柔的凉亭》《回声》《不带闪电的竖琴》。二十世纪二十年代他在侨民诗人中颇有影响，一度被称为"哈尔滨的阿波罗"。他不仅写诗，也擅长创作歌词。简洁明快的语言，富有生活气息的内容，使他的诗歌广为流传。

"天亮得匆忙……中国人陆续走过……"

天亮得匆忙……中国人陆续走过,
不好意思的是俱乐部哐哐响的门,
像数念珠一样握着你细长的手指,
读赞美诗一样读你无光泽的嘴唇……

天空疲倦,像狂欢节过后的床铺……
胡乱撕成碎片的是蓬蓬松松的云……
黎明前我们两个坐着,心情兴奋,
夜晚满怀幻想,到天亮成了盲人。

玛丽娜·伊万诺芙娜·茨维塔耶娃
（1892—1941）

　　茨维塔耶娃出生于莫斯科一个富有艺术氛围的教授家庭。茨维塔耶娃很早开始写诗，一九一〇年出版的处女作诗集《黄昏纪念册》引起诗坛轰动，十七岁的少女居然以成熟的诗句歌颂爱情、死亡与艺术，不能不让人感到惊讶。诗集《神灯》《少年诗篇》《里程碑》的出版，进一步提高了她的声誉。在俄罗斯诗歌史上，茨维塔耶娃与阿赫玛托娃齐名，对后世诗歌的发展都产生了持久而深远的影响。她的爱情诗个性鲜明，奔放激越，具有强烈的艺术感染力。

"我是你笔下的一页稿纸……"

我是你笔下的一页稿纸,
一切都接受。我是白纸一张。
我尽心尽力保存你的善良,
使它增长并百倍地加以报偿。

我是乡村,是黑土地,
你是我的雨露和阳光。
你是我的神明,我的上帝!
我是黑土地,是白纸一张!

(1918-07-10)

给 谢·艾*

我写,写在青青的石板,
写在已经褪了色的扇面,
写在溪流两岸和大海边的沙滩,
写在冰面用冰刀,写在玻璃用戒钻,

还写在历经千百个隆冬的树干,
最后为了让人人知晓众口相传:
你可爱!可爱!可爱!可爱!
我要用七彩长虹写在蓝天!

我多么希望每个人都如花开放,
伸手可以触摸!永远把我陪伴!
可后来我把名字一一勾掉,

---

* 谢·艾,指茨维塔耶娃的丈夫谢尔盖·艾伏隆(1893—1941)。

低下头来,前额抵着书案……

不过你,被我这出卖心血的文人
紧紧握在手里!你使我心神不安!
我不会出卖你!在指环里面,
如碑文石刻你永世得以保全!

（1920-05-18）

珠　贝

逃离谎言与罪恶的麻风病医院,
我要带你逃走,我把你呼唤。

把你带进霞光!摆脱死亡的噩梦,
把你带进双臂伸开的怀抱中。

平静地生长吧,依傍珠贝的皮肤,
在珠贝的手掌中变成一颗珍珠!

哦,无论族长还是国王都不能
购买珠贝的隐秘欢乐与惶恐……

那些争奇斗艳的美人太高傲,
她们都无缘接触你的珍宝,

因此也不会把你据为己有,
而珠贝伸出了无私的手,

她拥有珠贝的隐秘穹隆……
睡吧!我忧伤的秘密欢情,

睡吧!遮蔽了海洋和陆地,
像珠贝一样我拥抱着你:

从左右两边,从头顶到脚跟——
珠贝像摇篮把你裹得紧紧。

心灵疼爱你白天不亚于夜晚——
尽力舒缓、消解你的忧烦……

伸出一只手,手掌焕然一新,
潜在的雷霆既寒冷又温馨,

温存而娇纵……好啊!快看!
珍珠一般你从深渊里涌现!

"你要出去!"第一句话:"好吧!"
珠贝承受苦难,乳房膨胀增大。

哦,敞开门吧,敞开门!
母亲的每次尝试都有分寸……

既然你已经解除了囚禁,
那就把整个海洋尽情畅饮!

(1923-07-31)

格奥尔吉·弗拉基米罗维奇·伊万诺夫

（1894—1958）

格·伊万诺夫一九一一年出版第一本诗集《驶向齐捷拉岛》，随后参加"诗人行会"，成为阿克梅派最活跃的诗人之一。他的诗歌与阿赫玛托娃风格相近，语言凝练，篇幅短小，但内涵丰富，耐人寻味，许多诗篇成了俄罗斯侨民诗歌中的精品。

给 伊·奥*

在没有空气没有灵魂冰冷的太空,
化身为百万颗无比渺小的尘埃,
那里没有太阳星辰没有树木飞鸟,
从逝去的世界我影子一般归来。

再一次置身于气氛浪漫的夏园,
彼得堡的五月蓝天映照滚滚雪浪,
悄无声息地走过空旷的林荫道,
我要紧紧拥抱你高贵优雅的肩膀。

(1932)

---

* 伊·奥,指伊琳娜·奥多耶夫采娃(1895—1990),诗人的妻子,著有回忆录《涅瓦河畔》《赛纳河畔》。

"没有必要与厄运争执……"

没有必要与厄运争执,
我也不想与定数对抗。
啊,我只盼些许柔情,
重温皇村窗口的风光,
太阳照耀绿色林荫道,
你沿着小路款款走来,
真难形容有多么漂亮!
白色连衣裙配上白鞋,
怀里抱着一束紫丁香,
就连清风也脉脉含情,
轻轻抚弄着你的秀发,
影子似的在身后飘荡,
黑色的缎带袅袅飞扬。

你说,我们怎么成了这样?
怎么竟成了侨民流落异邦?

(1930)

伊琳娜·弗拉基米罗芙娜·奥多耶夫采娃

（1895—1990）

诗人格奥尔吉·弗拉基米罗维奇·伊万诺夫的妻子，善于创作叙事谣曲。

"他说：对不起，亲爱的！……"

他说："对不起，亲爱的！
大概我再也不会来看你。"
精神恍惚沿着林荫道行走，
我不知身在夏园[1]还是地狱。

寂静。空旷。园门已关闭。
这时候回家有什么意义？
林荫道昏暗有个白色身影，
跌跌撞撞仿佛是个瞎子。

身影越来越近。一尊雕像
站在面前，身上披着月光。

1　夏园，彼得堡著名园林，位于冬宫附近，一面依傍涅瓦河，另一边靠近莫依卡运河。夏园里有许多大理石雕像。

她用白色的视线打量我,
说话的声音低沉又悲凉:

"你可愿意跟我换个位置?
大理石的心感觉不到疼痛。
站在这儿拿我的弓与盾牌,
你变成石像,我获得生命。"

"好吧,"我恭顺地回答,
"这是我的大衣和皮鞋。"
我瞅着她那白色的眸子,
雕像弯下身躯吻了吻我。

我的嘴唇再也不能张开,
也听不见心脏的跳动声。
站在白色大理石台座上,
我手执盾牌,肩挎弯弓。

我是黛安娜还是帕拉斯[1]?

---

[1] 黛安娜,希腊神话中的月亮女神。帕拉斯,希腊神话中的丰产女神。

浑身闪烁着月亮的银辉,
现在我为此倒觉得高兴,
我将做着石头的梦沉睡。

早晨……秋风吹落叶纷飞,
买牛奶的婆姨脚步匆忙。
电车铃声叮当,细雨飘洒,
彼得堡依然是往日模样。

天啊!刹那间我恍然大悟,
失去他,却并不觉得怨恨。
我白白变成了大理石雕像,
石头里依然有颗温柔的心。

她走了,一边走一边唱歌,
穿着我那带方格的红大衣。
我赤裸、僵硬地站在这里,
忍受着秋风吹打雨水淋漓。

(1922)

谢尔盖·亚历山德罗维奇·叶赛宁
（1895—1925）

叶赛宁出生于梁赞省一农民家庭，毕业于教会师范学校，九岁开始写诗，一九一六年因第一本诗集《扫墓日》引起诗坛轰动。他对俄罗斯大自然和乡村生活的挚爱，像一股清新的风吹入人们的心田。评论家一致认为，叶赛宁是俄罗斯田园风光出类拔萃的歌手。他的爱情诗作匠心独运，比喻奇妙，语言鲜活，洋溢着浓郁的生活气息。

"莎甘奈呀，我的莎甘奈！……"

莎甘奈呀，我的莎甘奈！
或许因为我来自北方，
我愿给你讲麦田如浪，
月光笼罩起伏的黑麦。
莎甘奈呀，我的莎甘奈！

或许因为我来自北方，
那里的月亮大一百倍，
不管设拉子有多优美，
也不如梁赞辽阔宽广。
或许因为我来自北方。

我愿给你讲麦田如浪，
麦浪使得我卷发俊俏，
你喜欢就往指上缠绕——

我不会受到丝毫损伤。
我愿给你讲麦田如浪。

月光笼罩起伏的黑麦,
凭我的卷发你能猜测,
尽情说笑吧,亲爱的,
但不要触动我的情怀,
月光笼罩起伏的黑麦。

莎甘奈呀,我的莎甘奈!
在北方也有一位姑娘,
她长得和你十分相像,
也许她正在把我等待,
莎甘奈呀,我的莎甘奈!

(1924)

"你说过,说从前萨迪……"

你说过,说从前萨迪[1]
亲吻的时候只吻酥胸,
这种吻法我也能学会,
上帝保佑。你先等等!

你歌唱:"幼发拉底河[2]
对岸玫瑰胜过美女。"
假如我更加富有灵感,
我会谱写另一支歌曲。

我想把玫瑰悉数剪除,
须知我只有一种欢快:

---

1 萨迪(1203—1292),波斯诗人。
2 幼发拉底河,西南亚最长的河流,发源于土耳其,流经叙利亚和伊拉克,最后注入波斯湾。

要让莎甘奈芳名远扬,
普天下数她最为可爱!

不要用遗训把我折磨,
我从来不懂什么遗训。
既然我天生是个诗人,
我要像诗人那样亲吻。

(1924)

"恋人的手像一对天鹅……"

恋人的手像一对天鹅——
潜入我的金发来回游荡。
世上所有的男男女女,
都把爱情歌曲反复吟唱。

一度曾远离爱的主题,
现在我重新歌颂爱情,
因为语言饱含着温柔,
深深地隐藏在我心中。

如果让心灵尽情地爱,
它就会变成一块纯金,
只可惜德黑兰的月亮,
不能为情歌带来温馨。

我不知一生怎样度过?
莎嘉的爱抚能否久长?
衰迈暮年会不会追悔——
年轻时唱歌过于轻狂?

人与人做派各不相同,
或步态好看或说话中听。
假如波斯人写不好歌词,
肯定他不是设拉子[1]出生。

关于我和我这些情歌,
人们议论纷纷会这样说:
他原本能唱得更甜更美,
可惜没了那一对天鹅。

(1925)

---

[1] 设拉子,波斯城市。

阿列克谢·阿列克谢耶维奇·阿恰伊尔

（1896—1960）

阿恰伊尔一九二二年定居哈尔滨，侨居中国二十余年，一直从事诗歌创作。他的诗题材丰富，内涵深沉，诗风兼容飘逸与奔放，具有很高的艺术性和审美价值。

环

我们注定要欢乐而非痛苦,
　　我们朝着火光走。
这小路临近无边的大海——
　　我们是否要分手?

面临深渊,面临灾难与不幸——
　　道路已喑哑难寻,
我们坚强,我们要彼此搀扶——
　　我们留下来隐忍。

面对天空,面对大海,沉默——
　　在忧伤之中肃立。
我们气愤,哭泣,我们争辩——
　　我们手与手相系。

未来世界闪耀欢乐的光芒——
　　　那光芒无边无际。
路已走到头，从此走向永恒，
　　　没办法返回往昔。

我们注定要欢乐而非痛苦，
　　　我们朝着火光走。
这小路临近无边的大海——
　　　我们是否要分手？

斯捷潘·彼得罗维奇·希帕乔夫

（1899—1979）

　　希帕乔夫出生于农民家庭，曾长期在军队中服役，一九二三年出版第一本诗集，一九四五年出版的《爱情诗行》给他带来了巨大声誉。他的爱情诗感情真挚细腻，文笔优美，富有哲理，篇幅短小。

珍重爱情

你们要学会珍重爱情,
年龄增长要倍加珍惜。
爱情不仅是月下漫步,
也不是长椅上的叹息。
漫漫人生有风也有雨,
两个人必须同命相依。
爱情像一支美妙歌曲,
而谱写歌曲并不容易。

（1939）

"爱情是一部永恒的宝典……"

爱情是一部永恒的宝典。
有些人只翻阅了其中几页。
有些人阅读它把一切忘却,
热泪浸透了他们的语言。

这部书被人们读了千万年。
宝典的诗行让我寝食难安。

(1943)

阿列克谢·亚历山德罗维奇·苏尔科夫
（1899—1983）

苏尔科夫出生于农民家庭，参加了国内战争和卫国战争，一九三〇年出版第一本诗集《领唱》。他的诗句明快质朴，接近口语，音韵和谐。《"狭窄的战壕火光跳荡……"》表现了俄罗斯战士的刚强与柔情，和西蒙诺夫的《"等着我吧，我一定回来……"》一样曾广为流传，是俄罗斯爱情诗中的名篇。

"狭窄的战壕火光跳荡……"
——给索菲娅·克列弗斯

狭窄的战壕火光跳荡,
劈柴上松脂如泪珠晶莹,
掩体里手风琴为我歌唱,
唱你的微笑唱你的眼睛。

莫斯科郊外雪野迷蒙,
树丛沙沙似在把你诉说,
我盼望此刻你能倾听,
盼你能听见我思念的歌。

现在你离我很远很远,
连绵的积雪把我们隔开。
我要到你身边很难很难,
而死亡就在几步之外。

唱吧,手风琴,顶风冒雪,
请把迷路的幸福呼唤。
我的爱情之火永不熄灭,
掩体虽冷我觉得温暖。

(1941)

米哈伊尔·瓦西里耶维奇·伊萨科夫斯基

（1900—1973）

    伊萨科夫斯基出生于农民家庭，十四岁发表处女作，担任过记者和报刊编辑。他的诗继承并发扬了俄罗斯民歌的优秀传统，语言明快洗练，形式简洁工整，朗朗上口，《喀秋莎》《送别》《候鸟飞去了》等诗配上乐曲后广为传唱。

喀秋莎

苹果花、梨花竞相开放,
河面上薄雾轻轻缭绕。
喀秋莎出门走向河岸,
高高的河岸十分陡峭。

姑娘一边走一边歌唱,
歌唱雄鹰在草原翱翔,
歌唱她那心爱的人儿,
他的来信都一一珍藏。

姑娘的歌啊,你飞吧,
跟随太阳向远方飞去,
飞向边疆,飞向战士,
请替喀秋莎向他致意。

让他思念淳朴的姑娘，

让他倾听姑娘的歌唱，

让他保卫亲爱的国土，

喀秋莎对他一片衷肠。

苹果花、梨花竞相开放，

河面上薄雾轻轻缭绕。

喀秋莎出门走向河岸，

高高的河岸十分陡峭。

（1938）

亚历山大·安德列耶维奇·普罗科菲耶夫
（1900—1971）

　　普罗科菲耶夫出生于农民家庭，参加过国内战争，一九二七年开始发表诗歌作品，一九六一年凭借诗集《邀请旅行》获国家奖。他的诗风深受乡土诗人柯里卓夫的影响，善于从民歌中吸取营养，诗句简洁、朴实、清新。他的爱情诗诙谐幽默，情绪饱满，形象鲜明，颇受年轻读者青睐。

"抱起手风琴想唱一支歌……"

抱起手风琴想唱一支歌,
手风琴啊,响起来吧!
出门的姑娘腰肢细又细,
因此人们叫她腰细娜。
村子里没有一点儿动静,
我们的镇子也一片喑哑,
轻轻的风儿上路启程,
跟我也不说句问候的话。
你的温柔让春风痴迷,
整整一天呀它不停地刮,
老远向心爱的人儿招手,
晃动着伤风的稠李花。
夜晚飘浮青草的香味儿,
用一块头巾遮掩住面颊,
一颗星星呀恰似春燕,

在我宽阔的台阶悄悄落下。

洁白的桦树哟纷纷跳舞,

这让我们俩都觉得惊讶。

哎哟哟,腰细娜呀腰细娜,

东安尼娜·克里莫芙娜!

(1928)

列昂尼德·尼古拉耶维奇·马尔丁诺夫

（1905—1980）

马尔丁诺夫是哲理派诗人，一九二一年开始发表作品，诗集《首创权》获一九六六年度俄罗斯联邦高尔基奖，诗集《双曲线》获一九七四年度苏联国家奖。他继承了丘特切夫的诗歌传统，探索人生哲理。他的诗语言清新，节奏多变，富有生活气息，能融日常用语入诗，读来朗朗上口。

爱　情

你长生不老,
你永远活着!
熔岩与烈火难以把你烧毁,
层层灰烬也不能把你埋没。

你永远活着,
像野草青青,无权枯萎,
即便漫山遍野覆盖积雪,
你也钻出雪地呈现绿色。

你会挺立在我的坟头,
是我身后的荣耀。
纵然我不在人世,
你却长留人间,永远活着。

你无须言语,
只点头回答,保持庄重神色;
你微笑示意,
让无聊的流言蜚语归于沉默。

你永远活着,千真万确,
你是我的苦酒,我的欢乐,
人世间的每时每刻——
都是你庆祝胜利的狂欢节!

(1946)

德米特里·鲍里索维奇·凯德林
（1907—1945）

凯德林曾在"青年近卫军"出版社任编辑，卫国战争期间奔赴前线做战地记者，生前只出版过一本诗集《目击者》。他的诗底蕴丰厚，语言流畅，构思新奇，善于从俄罗斯历史和民间文学中汲取素材。

中国情缘

划船时遇见了费宪库,
玛露霞觉得他可爱。
玛露霞走向莫斯科河
有个中国人朝她走过来。

中国人黄皮肤黑头发
他说他是个公司职员。
虽然颧骨高眼睛微斜,
可一道划船让他喜欢。

爱的语言让他燃烧如火,
姑娘的回应同样热情。
就这样,这中国情缘
不动声息悄然启动。

中国人热恋同大家一样……
玛露霞家住在塔甘卡。
中国人来看望玛露霞，
邻居竟然唆使狗去咬他。

邻居们躲在角落里议论：
"看她结识什么人！瞧瞧吧！"
玛丽娜·伊万诺芙娜猜测：
"哎，这妮子会生个中国娃！"

"可怜的孩子，长什么样子？"
街坊四邻开始推测算卦。
"浑身长条纹，白黄交叉，"
说话的是玛丽娜·伊万诺芙娜。

伊万诺芙娜错了。娃娃出生——
不带条纹，小身子光滑柔软。
婴儿黄皮肤，眼睛有点儿斜，
可高高的鼻梁，特招人喜欢！

两种强有力的血液在体内混合，

小拳头藏在褪褓里,他躺着,
一开始哭了几声,到后来
露出了笑容,笑得特可爱。

接下来,逐渐扩展活动领域,
娃娃很自信,很结实,迈开
有点儿趔趔趄趄的小脚丫,
清清楚楚叫出了一声"妈妈"。

混合了两个民族两种血液,
没病没灾,茁壮成长,
他的名字叫弗拉基米尔!
额头宽阔,身体特棒!

那母父双亲呢?抚养儿子,
照常生活,度过人生岁月……
或许,当初那些人会说,
这个中国人没有挑错。

(1932)

阿尔谢尼·亚历山德罗维奇·塔尔科夫斯基
（1907—1989）

塔尔科夫斯基长期从事编辑和诗歌翻译工作，很少参加文学界的活动。他的诗凝重简洁，形式完美，主张诗歌给普遍的世界和谐增添美。

"生就一双灰蓝翅膀……"

生就一双灰蓝翅膀
美好的傍晚时光!
我好像从坟墓里
从你背后偷偷张望。

吞咽下每一口唾液,
我都由衷地感谢。
这是你的慷慨赐予,
在干渴的最后时刻。

感谢你凉爽的手
每次轻轻的抚摩,
四周难以得到安慰。
因此我才满怀感谢。

感谢你临走时刻,
也带走了一丝希望。
一阵阵清风和细雨
织就了你的衣裳。

（1958）

尼古拉·费奥多罗维奇·斯维特洛夫
（1908—1972）

斯维特洛夫曾侨居哈尔滨，一九三一年移居上海后曾在杂志《帆》编辑部工作，在《言论》《新路》《上海霞光》等报刊上发表诗作。一九四六年翻译了艾青的《向太阳》，之后回国。他的诗清新自然，富有生活气息，有些涉及中国的风土人情、民间艺术，选材角度新颖。

给苏州姑娘

告诉我,为什么,
你像晚霞一样亮丽又腼腆?
为什么,融化在我的怀抱,
却又掩饰你谜一般的视线?

告诉我,为什么,
漆黑的辫子像幽暗的夜晚?
为什么你一双斜睨的眼睛
有奇妙的光焰为我闪现?

告诉我,为什么,
你的肩膀芳香,蜜一般甜?
多么好啊!当满天金光,
嘴唇贴着肩膀柔润又温暖。

你忧愁，掩饰心中的痛苦，
我的灵瑚！难忘你的容颜。
你信佛，是个圣洁的信徒，
你远离罪恶，与堕落无缘。

你为我唱一支悲伤的歌，
声音柔和胜过纤细的琴弦，
唱什么行驶如飞的风帆，
其实那是合辙押韵的谎言！

携带你离开陌生的城市，
歌声轻灵如插上翅膀一般，
我知道你想念心爱的苏州……
想家，想洒满月光的花园……

别唱了！这支歌曲我熟悉。
陪你一起哭泣是我的心愿，
为失去家庭的温暖而流泪，
为傍晚难忘的亲情而长叹。

我们手与手紧握默默无言。

我们热烈地亲吻消解忧烦。
灵瑚啊,让我们一起燃烧,
这痛苦中的欢乐难以言传!

我知道,融化在我的怀抱,
你会掩饰自己胆怯的视线,
你是圣洁的信徒沦落风尘,
你像晚霞一样亮丽又腼腆。

从你斜睨的顽皮眼睛里,
我为自己寻求奇妙的光源,
让我失魂落魄的辫子啊,
漆黑漆黑恰似幽暗的夜晚。

(1931)

亚历山大·伊里奇·吉托维奇

（1909—1966）

吉托维奇与汉学家合作，翻译了许多中国古典诗歌，包括屈原的《离骚》以及《李白诗选》《杜甫诗选》。他的诗歌风格简洁明快，仿佛从东方诗歌中汲取了营养。

"这么多年你躲藏在哪里？……"

这么多年你躲藏在哪里？
可曾珍惜纯朴的美丽？
傻丫头，是不是赶时髦，
剪去了两条褐色的辫子？

你究竟跑到了什么地方？
可又踮起脚跟去折花枝？
年轻时你总爱捉弄别人，
是不是至今仍快乐顽皮？

我们在那美好的去处，
相互温暖，时间太短：
三小时（我倒愿四小时）。
你爱抚我，是那样甜蜜。

（1934）

帕维尔·尼古拉耶维奇·瓦西里耶夫
（1910—1937）

　　瓦西里耶夫出生于边境城镇，父亲是数学教师。他曾在莫斯科勃留索夫高等文学艺术学院学习，当过海员和采矿工人。一九二七年开始发表作品。生前只出版了一本特写集和一部长诗《盐工暴动》。他的诗取材于哥萨克多姿多彩的生活。爱情诗写得生动泼辣，风趣幽默，自成一格。

"我满怀愁情告诉那些邮递员……"

我满怀愁情告诉那些邮递员,
省得他们寻找地址枉费时间:
莫斯科,莫斯科特维尔四街,
就是那条街,又叫雅姆斯克。
那条街道上有座楼房 26 号,
楼里 10 号住宅让我梦牵魂绕。
我愿下跪求求你呀,邮递员,
求求你务必要找到这个地点,
笑着去找叶莲娜·维雅洛娃,
把这封伤心的信亲手交给她。

(1935-12)

尼古拉·亚历山德罗维奇·谢果列夫
（1910—1975）

  谢果列夫侨居中国多年，一九二九年在哈尔滨出版诗集《往昔的火花》，哈尔滨出版的《七星集》《河湾集》都收入了他的作品。他在上海曾担任《新路》报的编辑，主编了俄罗斯侨民诗集《岛》。一九四七年回国。他的许多抒情诗写得有朝气，有激情，构思新颖，语言鲜活。

年少时光

迷雾编织的那些日子
重新又开始浮现……
起初痛苦，如今怪异，
我回想我的少年。

岁月美好，融进阳光
曾经是我的心愿……
遇事腼腆，神经过敏，
斤斤计较常翻脸。

天真的词句写进日记，
从未触摸的新鲜，
隔壁女孩儿挤眉弄眼，
戴在手上的指环。

她是个戴眼镜的天使,
回家听碎语闲言,
做体操天天还举杠铃,
持续不断地操练。

如今奥林匹克成梦幻,
暗中努力也枉然……
少年的心思无人觉察,
无形中自伤自残。

马克西姆·唐克

（1912—1995）

马克西姆·唐克原名叶甫盖尼·伊万诺维奇·斯库尔科，出生于白俄罗斯一农民家庭，一九三一年开始发表作品。一九七八年凭借诗集《纳罗奇湖畔的松树》荣获列宁奖。他的诗歌作品富有浪漫主义情调，语言朴实清新，具有浓厚的生活气息。

初 吻 节

世界上
节日很多很多,
写满日历的每一页,
怕也难一一罗列。
可是我——
仍然想增添一个:
夏娃的
初吻节!
有了这个日子,
才有其他节日的欢乐。

(1983)

雅罗斯拉夫·瓦西里耶维奇·斯麦利亚科夫

（1913—1972）

斯麦利亚科夫出生于工人家庭，一九三一年技校毕业后从事过多种职业，参加过卫国战争。他的诗歌赞美祖国，颂扬劳动与爱情，语言质朴，形象鲜明，视野开阔，意境博大，富有激情。诗集《俄罗斯日》荣获一九六七年度苏联国家奖。《俊俏的姑娘丽达》是他的爱情诗中广为流传的名篇。

俊俏的姑娘丽达

依傍小小的白色楼房,
相思树开花气味馨香。
俊俏的姑娘丽达,
家住在南街上。

她那一条条金色发辫,
束得紧紧,丝带般光亮,
穿一身蓝色印花衣裙,
像原野,花朵闪烁开放。

火红的四月真调皮,早晨
偷偷把花粉撒了她一床,
随便开玩笑并没有恶意,
这一点,你可以想象。

难怪邻居们站在窗口,
投来喜悦赞赏的目光,
那是丽达拎着书包,
去学校上课,从容端庄。

玻璃窗上映出身影,
俊俏的丽达姑娘,
走到哪里都不慌不忙。
可是她
　　究竟
　　　　美在什么地方?

这个问题该问那个少年,
他住在对面那幢楼房,
他念着丽达的名字就寝,
又念着这个名字起床。

难怪一块块青石板上,
可爱的皮鞋踩过的地方,
写着:俊俏的姑娘丽达——
那是他的笔体,他近乎绝望。

人们不能不为之深受感动，
这执着的少年情深意长，
大概普希金是这样一见钟情，
也许海涅恋爱如此热情奔放。

少年一定会长大成名，
他将告别自己的家乡，
这一条街道过于狭窄，
难以把博大的爱情包藏。

热恋的人不怕任何阻挡，
困窘与羞怯——都是撒谎！
他一定会把姑娘的名字，
写遍星球的四面八方。

写在南极，用烈火，
写在库班草原，用麦浪，
写在俄罗斯旷地，用鲜花，
再用层层浪花谱写在海洋。

他将飞向夜晚的苍穹,
让十个手指燃烧发光。
随后在安静的地球上空,
丽达星座便会闪耀光芒。

(1940)

瓦列里·弗朗采维奇·别列列申
（1913—1992）

别列列申一九一七年随母亲定居中国哈尔滨，在中国生活三十二年，曾在北京居住，到中国许多地方游历，对中国的风土人情、传统文化相当熟悉。他的诗歌语言洗练优美，诗风洒脱飘逸，具有中国诗歌的情趣和神韵。一九五二年迁居巴西。他把中国视为自己的第二故乡，曾把屈原的《离骚》、老子的《道德经》和唐诗宋词名篇译成俄语。

香 潭 城*

黎明，云彩飘逸想休息，
早早飘向香潭城，
清风吹向香潭城，
河水流向香潭城。

白天，鸽群飞向山岗，
山岗后面是香潭城，
傍晚，霞光像只五彩凤，
它愿栖息香潭城。

微笑向往香潭城，
幻想聚会香潭城，
胡琴赞美香潭城，

---

* 这是诗人虚拟的城市名，隐喻杭州。

花朵倾慕香潭城。

夜晚挥舞天鹅绒的旗帜,
寂静笼罩了丘陵,
匆匆忙忙我逃离监狱,
梦中飞向香潭城。

一路欢欣奔向香潭城,
奔向和平与宁静!
谁能够禁止梦中飞行?——
飞向隐秘的幸福仙境。

当我早晨照原路返回,
返回逐日服刑的牢笼,
一路遇见的迷蒙朝雾,
轻轻缭绕飘向香潭城。

(1948-10-11)

弗拉基米尔·亚历山德罗维奇·斯拉鲍奇科夫(1913—2007)

斯拉鲍奇科夫在二十世纪三四十年代先后在哈尔滨和上海生活,从事写作,当过记者、编辑,一九五三年回国,后定居莫斯科。他的诗歌以铺叙见长,构思缜密,语言朴实生动,音韵和谐流畅,情节哀婉动人,耐人咀嚼,回味绵长。

"哦,亲爱的,世界飞旋……"

哦,亲爱的,世界飞旋,
飞旋千万年,只为你和我,
阳光明媚,照耀大海,
大海扬波,只为我们两个。

阳光灿烂,永远温暖,
照耀着大地上的花朵,
为了让这来自天庭的蓓蕾
在无涯的光阴中一展秀色。

让不凋的爱情之花绽放,
你的、我的爱之花,亲爱的,
宇宙的历史上独一无二,
能完成创造循环的花朵。

米哈伊尔·尼古拉耶维奇·沃林
(1914—1997)

　　沃林本姓沃洛德琴科，出生于中国哈尔滨，十六岁开始发表诗作，曾是诗歌团体"年轻的丘来耶夫卡"的积极分子，一九三七年移居上海。在二十世纪三四十年代，他深切理解和同情中国人民的苦难，相信中国人民必定拥有光明的未来。他的抒情诗形式简洁，诗风明快，充满青春活力，极富灵性。他的爱情诗充满了青春朝气，清新活泼，语言优美，音韵和谐。

初 恋

我又一次踏着一个个台阶
登上岸边久违的花园,
园中有俄罗斯花朵、蝴蝶,
丁香花的清香随风飘散。

园中明媚欢快、生机盎然,
轻俏的花影如镶嵌的花边,
我记得焦灼、兴奋与心跳,
记得你可爱的芳唇如花瓣……

我又看见了旧式的长椅,
花体字母深深地刻在上面,
我再次回想,重新辨认,
会面的日期还依稀显现……

这诗行有你的气息和余韵,

我的心上人,你可听得见?

瓦吉姆·谢尔盖耶维奇·舍甫涅尔
（1915—2002）

舍甫涅尔出生于军人家庭，卫国战争中参加了列宁格勒保卫战，一九三六年开始发表作品，擅长哲理抒情诗。一九九七年荣获俄罗斯联邦普希金奖。他的爱情诗古朴典雅，意境悠远，语言凝练，隽永可诵，耐人咀嚼与回味。

临　窗

亲爱的，请关上电视，
让我们肩并肩倚近楼窗，
我和你持有一张签证，
能去别人看不到的地方。

连一件小行李也不带，
勿须车轮，也不用翅膀，
从心中勾勒那个境地，
全凭善良而专注的目光。

请接受久久期待的礼物，
看那穿堂院、旧厢房，
还有一处简陋的木板棚，
一棵树靠近低矮的墙。

你必定珍重这座小花园,

这铁皮生锈的尖顶房,

这居室、这生活、这海岸,

隔着时光的浩瀚海洋……

（1983）

康斯坦丁·米哈伊洛维奇·西蒙诺夫
（1915—1979）

　　西蒙诺夫出生于军官家庭，毕业于高尔基文学院，卫国战争期间任战地记者。小说《日日夜夜》《生者与死者》奠定了他在文坛的地位。他的诗歌作品主要收入《真正的人们》《前线诗抄》《友与敌》等诗集。他的诗作不以技巧取胜，而以真情动人，诗句质朴无华，明白如话，却能感人至深。写于卫国战争期间的《"等着我吧，我一定回来……"》打动了千千万万的读者，叩响了几代人的心扉，成了俄罗斯抒情诗中的经典。

"等着我吧,我一定回来……"

等着我吧,我一定回来。
只是你要苦苦地等候,
直等到凄黄的秋雨,
勾起你缭乱的离愁,
直等到大雪纷纷扬扬,
直等到酷暑烈日当头,
等到别的人不再等待,
把往昔统统抛到脑后。
当那遥远地方的书信——
不再寄来,你要等候,
一起等的人都已厌倦,
你等候,不随波逐流。

等着我吧,我一定回来。
让那些人口口声声去说,

是时候了，应该忘却，
你千万不要随声附和。
即便儿子和母亲相信——
我已经离开这个世界，
纵然朋友们等得厌烦，
坐下身来围绕着炉火，
为了对亡灵表示悼念，
端起苦酒来默默地喝……
你可不要匆忙地举杯，
你要等候，等候着我。

等着我吧，我一定回来。
我发誓要让死神扫兴。
让不再等我的人们去说：
"就算他这个人侥幸！"
没有等待的人不会明白，
在纷飞的战火硝烟中，
正是你凭借耐心等待，
才挽救了我的性命。
只有我和你知道，
我怎么样绝处逢生——

因为你和别人不同,

你有耐心,你能等。

(1941)

叶甫盖尼·阿罗诺维奇·多尔马托夫斯基

（1915—1994）

  多尔马托夫斯基在卫国战争期间以战地记者身份在前线采访。他擅长创作歌词，代表作有《森林之歌》《列宁山》和电影插曲《思念故乡》。

戏剧性的故事

舞台、帷幕、布景,
一对男女演员的爱情……
与专用的术语相互吻合,
他们的角色已分派确定;
他是剧中热恋的情人,
她是年轻的女主人公。

早在登台演戏之前,
当他们还是大学的学生,
他就向她双膝下跪,
不愧是一位真正的英雄。

然而在龌龊与负心之后,
经过了粗野的纠纷斗争,
残存的爱情只为上台演出,

唯独仇恨——留给了家庭。

离婚的手续已在办理,
但是在旋转的舞台上,
一对拆不散的夫妻
正在落泪伤心,
拥抱亲吻,
海誓山盟。

观众和剧作家万分高兴:
何等真挚的感情!
而我却默不作声,
与艺术技巧比较而言,
我把真实——
看得更高、更重。

(1963)

瓦西里·德米特里耶维奇·费奥多罗夫
（1918—1984）

劳动、友谊、爱情、大自然是费奥多罗夫抒情诗中反复吟诵的主题，他的诗集《雄鸡三唱》和《七重天》获一九六九年度俄罗斯国家奖，一九七九年因创作抒情诗和长诗获国家奖。

"我的爱人……"

我的爱人,
　　　　我的爱人,
你少言寡语,话语温馨,
你靠什么神奇的力量,
让我束手就擒?

我的爱人,
　　　　城府深深,
你的眸子明亮,
是谁赋予迷人的眼神?
是谁使你的手格外温存?

假如你的双手,
　　　　亲爱的,
形成一个圈套,

我心甘情愿
做个套中人。

你不要
把我的脖子搂得太紧,
好让我看见
你的眼睛,
你的嘴唇。

瞅着发呆的眼睛,
你笑,笑得开心……
笑吧,不要害怕!……
就让别人随便猜想,
欢笑声声属于我们两个人。

(1970)

达维德·萨姆伊罗维奇·萨莫伊洛夫

（1920—1990）

萨莫伊洛夫是卫国战争期间成名的诗人，除了战争题材还关注社会人生，自然、历史、艺术、爱情。他的抒情诗构思新颖，视角独特，富有哲理，语言质朴凝练，篇幅短小精悍。他的诗集《山冈那边的声音》荣获一九八五年度俄罗斯联邦文学奖。

"一轮月亮朦朦胧胧……"

一轮月亮朦朦胧胧,
白桦树丛脉脉含情,
三月四月泪水淋漓!
梦中叨念谁的姓名?

春天之雾,欲望之雾,
理智怀着隐秘的惊恐,
三月四月泪水淋漓——
仿佛童年刚刚苏醒!……

黎明寒潮咬噬树皮,
吱吱有声如咬水晶,
三月四月泪水淋漓,
要问原因无法说明。

迢迢远方蓝天之外，
雾气茫茫机车轰鸣，
三月四月泪水淋漓，
你为什么痛哭失声？

布拉特·沙尔沃维奇·奥库扎瓦
（1924—1997）

  奥库扎瓦出生于莫斯科，毕业于第比利斯大学语文系。从二十世纪五十年代起，自己作诗，自己谱曲，自己用吉他伴奏演唱，成为弹唱派诗人的领袖人物，与维索茨基齐名，其作品深受俄罗斯广大人民喜爱。主要诗歌集有《岛屿》《快乐的鼓手》《阿尔巴特街啊，我的阿尔巴特！》。

爱情浪漫曲

心与心的结盟——
是莫名其妙的相互适应:
眼巴巴瞅着要吹灯拔蜡,
忽然间又变得满腔热情;
眼睁睁看着就要散伙,
各奔东西几乎是板上钉钉……
谁又能料到早晨的事情,
到傍晚竟呈现另一番情景。

心与心的结盟——
是莫名其妙的相互适应……
假如当真要吹灯拔蜡,
满腔热情会变得冷冰冰!
假如当真要各奔西东,
任何明智的劝解都不管用:

冲突发生，会四处传扬，
我们已分手，却从容镇定。

在委屈或忧伤时刻，
任何训诫都不起作用，
无论书中的格言多么精辟，
不管长者的开导多么聪明。
只有我们两个能够明白，
为何欢乐，为何悲痛……
虽然已分手，仍以此自慰，
这是我们俩生活中的内容。

（1976）

拉苏尔·伽姆扎托维奇·伽姆扎托夫
（1923—2003）

　　伽姆扎托夫出生于俄罗斯联邦高加索达吉斯坦自治共和国阿瓦尔族一艺术家庭，从少年时期就展现出诗歌创作天赋，尤其擅长写爱情诗，渐渐获得了"爱情歌手"的美誉。诗集《高空的星辰》获一九六二年度列宁奖，二〇〇三年获"圣安德列勋章"，被尊为"民族诗人"。他的诗歌被翻译成几十种外国文字。

"假如世界上有一千个男人……"

假如世界上有一千个男人
愿意向你求婚,
     穿新装着盛服。
记住,这一千个男人当中
就有我,拉苏尔·伽姆扎托夫。

假如有一百个男人
热血沸腾,
    早已是你的俘虏,
你不难发现,他们当中
名叫拉苏尔的对你最为倾慕。

假如有十个痴情的追求者,
不掩饰激情如火,
     愿做你的丈夫,

拉苏尔·伽姆扎托夫就在其中,
既渴望吉庆欢乐,也准备蒙受屈辱。

假如由于你不肯轻易许诺,
只有一个人,
　　　　　失魂落魄神志恍惚,
别忘了,这个人就叫拉苏尔,
他原在高入云端的山上居住。

假如,假如没有人向你求爱,
你内心忧伤,
　　　　　脸上愁云密布,
那就表明,拉苏尔·伽姆扎托夫
已在高山上被埋入岩石的坟墓。

(1977)

永驻的青春

各种年龄都听命于爱情

——亚·普希金

看,法官们站成一排,
遮蔽了多半条地平线。
他们眼睛里燃烧着怒火,
质问我的言辞接连不断:

"乳臭未干的黄口小儿,
善恶不辨的小坏蛋,
回答我们:昨天,你可当真
在树林里和女人厮混了一晚?"

"是的!"我回答法官,
"在树林里我有很多发现,

进树林我是个半大小子,
离开树林我成了男子汉!……"

法官们重新站成一排,
遮蔽了多半条地平线。
他们眼睛里燃烧着怒火,
质问我的言辞接连不断:

"忘记了自己满头白发,
忘记了从前所犯的罪愆,
可是你陪伴着女人散步,
向她低声吟诵爱的诗篇?……"

"是的!"我回答法官,
"是我悄悄耳语把她陪伴,
我相信,只要爱情美满,
我的命运就会阳光灿烂!……"

法官们再次提出质问,
威严的目光已经暗淡:
"我们不明白,不明白,"

他们说,"请你仔细谈谈……"

我告诉他们:"爱情,
一旦你触及爱的花冠,
小伙子忽然变得成熟,
而老头儿又变成青年。

哑巴会变成歌手,
歌手却哑默无言。
爱情——是我终生的伴侣。
青春永驻,我将称心如愿!"

(1979)

"原野和旷地绿了……"

原野和旷地绿了,
峡谷和草地绿油油,
仿佛经过山民的洗涤,
铺展开来,绿到天的尽头。

  原野和旷地绿了,
  我们却白了头,我的朋友。

朝霞红了,朝霞红了,
云絮舒展玫瑰色的红绸,
为犍牛的前额涂抹绛紫,
用一双灵巧的光焰之手。

  朝霞红了,朝霞红了,
  我们却白了头,我的朋友。

澄澈辽远的天空蓝了,
云朵在无底的海上浮游,
黛青色的烟岚环绕群山,
蓝色的钟声悠悠。

  澄澈辽远的天空蓝了,
   我们却白了头,我的朋友。

原野和峡谷青春年少……
你我的双鬓却霜雪凝就,
为什么杨花柳絮飞满头?
不要回避请为我说明情由。

  我和你不是原野,是雪峰,
  五冬六夏我们长相厮守。

(1964)

亚历山大·彼得罗维奇·梅日罗夫
（1923—2009）

梅日罗夫出生于莫斯科一律师家庭，十八岁参军奔赴前线，在卫国战争中负伤，一九四三年进入高尔基文学院学习，一九四八年毕业。一九八六年他的《散文诗》荣获苏联国家奖。他善于从日常生活中汲取素材，构思精巧，注重把握细节，利用戏剧性情节增强可读性，语言质朴。

告别卡门*

我们可会重逢?
有可能……但不会很快见面……
吉卜赛人的事黑夜一般犹如谜团。
卡门,卡门!斗牛士的情人!
幸亏你走了,卡门,走得很远!

现在我想起了种种细节,
想起了你怎样跳舞,巧用折扇,
你连续跺着脚跟,节奏细碎紧凑,
由始至终想挣脱肢体的羁绊。

你鄙视以破衣烂衫为荣,

---

* 卡门,法国作家梅里美(1803—1870)同名小说的女主人公,吉卜赛女郎,以美貌著称,独立不羁,敢爱敢恨,率性而为。一八七四年法国作曲家比才(1838—1875)依据小说创作了歌剧《卡门》,后风行欧洲,长演不衰。

总想让我衣冠楚楚打扮一番，——
但我厌恶吉卜赛人走私贩运，
你的爱慕虚荣也叫我厌烦。

你可记得那最后一次斗牛表演？——
那头牛血流如注身带花斑。
大概你以为，
我再也不会出场，
为斗牛挥舞长剑。

你赠送的盛装华服，都已穿得破烂，
你征服我，吸引我的那些手段，
我再也不会迷恋，——
花斑牛却又一次出现在斗牛场上，
它要让斗牛士胆战心寒。

我用长剑刺穿牛的脖颈，
避开死亡，使生命得以保全，——
走私贩子们在护栏后面观看表演，
我要让他们感到难堪。

他们不懂什么叫做精神,

用眼睛扒下你的衣服想把你看穿。

美人儿呢?

也许……但未必……

她耳环上的宝石真好,光彩璀璨!

(1961)

尤丽娅·弗拉基米罗芙娜·德鲁尼娜
（1924—1991）

德鲁尼娜十七岁投入卫国战争，奔赴前线当了一名卫生员。一九四五年至一九五二年在高尔基文学院学习。她的诗朴素无华，感情真挚，既有女性的脉脉温柔，又蕴含战士的坚定刚毅，形成了刚柔相济的艺术个性。她的诗集《不幸的爱情不常有……》荣获一九七五年度俄罗斯国家奖。

"妻子们——不得不等待……"

妻子们——不得不等待。
她们习惯于等待,事出无奈。
等开会的归来,
等出差的归来,
等当兵打仗的
从战场归来,

妻子——不得不等待。
丈夫——往往滞留在外。
这就是妻子的"职业"——
等待。
忍不住在房间里
来回走动,往复徘徊……

等待,

等得惶恐,

等得焦虑,

如女人当真只是配偶——

这种"职业"难称她的心怀。

(1960)

叶甫盖尼·米哈伊洛维奇·维诺库罗夫

（1925—1993）

维诺库罗夫是前线一代诗人，出生于勃良斯克市一科学工作者家庭，十八岁奔赴前线参加卫国战争，一九四八年开始发表作品，一九五一年毕业于高尔基文学院。他的爱情诗善于从日常生活中取材，语言平易，亲切生动，具有自己的风格。

"多少次由于说话冷酷……"

多少次由于说话冷酷,
出语伤人,用词不当,
你那双大大的眼睛
刹那间闪现莹莹泪光。

眼神坦率,咬紧嘴唇……
分手后我深深自责又悔恨,
但愿你能遇见一个人,
他说话体贴,善于温存。

弗拉基米尔·尼古拉耶维奇·索科洛夫

（1928—1997）

　　索科洛夫出生于职员家庭，是悄声细语派诗人。他的爱情诗视角独特，恋人之间的矛盾、冲突、争执、离散常常成为他的关注点。爱与恨交织，恩恩怨怨，剪不断理还乱，复杂的情感耐人品味。

"在苍郁的椴树下，临走之前……"

在苍郁的椴树下，临走之前，
坐近一点，嗖嗖的冷风扑面，
对于你的说法我本想反驳，
但一时想不出恰当的语言。

语言……像这些奇妙的树叶，
沙沙有声抗击风雨水珠四溅……
我永远也不会把你忘记，
我永远不会停止对你的思念……

叶落沙尘。风吹拂着树冠。
你急于回家？脚步轻轻。再见！
为什么你的脚印不是这些落叶，
那时候也好让我捡回几片。

你的容貌特征我牢记不忘,
无论你走多远,仍然把我陪伴。
夜晚路途中,我呼唤一个名字,
这名字占据了我整个心田。

我知道,那些言语来自何处;
但难以预料你是否还会出现?
不过我永远不会把你忘记,
我永远不会停止对你的思念……

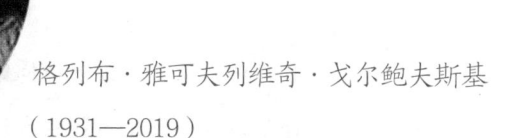

格列布·雅可夫列维奇·戈尔鲍夫斯基
（1931—2019）

戈尔鲍夫斯基出生于列宁格勒，出版有多部诗集和文集，一九八四年获俄罗斯联邦国家奖，二〇〇九年获新普希金奖，在弗拉基米尔·邦达连科编写的《二十世纪俄罗斯文学》中被列为二十世纪最有才华的五十名俄罗斯诗人之一。

夜晚的路灯

路灯摇摇晃晃的夜晚
走过昏暗的街道很危险，——
我从酒吧里走出来，
我什么人也不等待，
我已经没有力气谈情说爱。

疯女人把我的双脚亲吻，
寡妇变卖家产陪我畅饮。
我厚颜无耻的笑声
向来都能取得成功，
翻着跟头消失了我的青春！

身坐板床我像登基的国王，
想领到灰色票证有份口粮。
我像只猫望着窗户，

对一切全都不在乎!
我料定最早熄灭生命之光。

夜晚的路灯摇摇晃晃,
黑猫沿街奔跑像鬼一样,——
我从酒吧里走出来,
我什么人也不等待,
打破人生纪录我总有胆量!

(1953)

丽玛·费奥多罗芙娜·卡扎科娃

（1932—2008）

卡扎科娃是大声疾呼派女诗人，一九五五年开始发表诗歌作品。她的创作题材广泛，关注社会生活，具有公民精神，追求光明、幸福和美好的理想，尤其擅长写爱情诗，表现女性的敏感、温柔、坚忍。

岛

我是岛,我是环行岛、珊瑚岛,
当黎明吐露晨曦,
男人,像一条大船,
即将起锚离我而去。

径直驶去,不是悄悄地离开,
闪着光彩,响着汽笛!
而我想过这种情景,
而我等待着你。

我并非在孤寂中生活。
从最初几年起,
我恍惚是你的孩子,你的妻,
是你的光明,你的足迹。

但是，犹如傲然飞迸的火星，
你将消逝在遥远的天际，
连同我的土地的温热，
连同面包和煤的气息。

啊，这种女人的不幸！
我们——是女人，因此
我们是你们的牧场，城市，
是江河小溪，是丘陵地。

船啊，我没有什么觉得惋惜。
你到别的陆地停泊去吧。
既唤不回返，又不能惩罚你，
所以我说——请挥手分离！

啊，这种女人的不幸，
具有痛苦而崇高的含义；
航船心照不宣地起锚了，
驶向海洋，驶向未来的世纪……

离别吧，我的岸，我的船。

眼睛里没有一星星泪滴。
像树皮包裹着树木,
我最后一次依偎着你。

弗拉基米尔·德米特里耶维奇·齐宾
（1932—2001）

齐宾出生于吉尔吉斯草原，二十一岁时从偏远的乡村进入高尔基文学院。他的诗歌立意新颖，善于把浓郁的乡土气息与哲理思索融合在一起。

"风的躯体——"

风的躯体——
就是我的躯体,
因此,我随风生长,
心上人的声声叹息,
也有我的叹息。
我不能从风中
解脱自己的身体,
同样,我也不能
从她的叹息声中
抽出我的叹息……

罗伯特·伊万诺维奇·罗日杰斯特文斯基（1932—1994）

罗日杰斯特文斯基中是与叶甫图申科齐名的大声疾呼派诗人。一九七九年，他的诗集《城市之声》和长诗《二百一十步》获苏联国家奖。他关注重大的社会问题，诗作题材广泛，感情充沛，意境开阔。他的爱情诗构思新颖，意境博大，联想奇特，善用比喻，流传甚广。

"一切始于爱情……"

一切始于爱情……
人们断定：
"不过是
 　　　表面的
 　　　　　一句话……"
可我要再一次郑重宣告：
一切始于
 　　　爱情！

一切始于爱情：
霞光，
 　劳动，
花朵的眼睛，
儿童的眼睛——
一切始于爱情。

一切始于爱情。

始于爱情!

我对此确实心领神会。

一切,

　　甚至连仇恨——

这与爱情

永远相伴相随的

姊妹。

一切始于爱情:

幻想和惊恐,

美酒与火药。

悲剧,

　　忧虑

　　　　以及伟绩丰功——

一切始于爱情……

春天轻轻对你说:

　　　　　　"生活吧……"

悄悄话使你不禁身体晃动。

你挺直腰板,
你开始追求。
一切始于爱情!

"我和你一见钟情……"
——给阿廖娜*

我和你一见钟情,
     一见钟情,
那一天,
  永远铭记心中。
像语言
  钟情于双唇。
像水
  钟情于焦渴的喉咙。
我们一见钟情,
    像鸟儿钟情天空。
像大地
  与久盼的瑞雪

---

* 阿廖娜,诗人的妻子阿拉·吉列耶娃的爱称。

一见钟情

在初冬,

我和你

　　　就这样一见钟情。

我们一见钟情,

当我们对于善恶

还一无所知,

　　　懵懵懂懂……

日历上的这个时刻

永远和我们

　　　一见钟情。

叶甫盖尼·亚历山德罗维奇·叶甫图申科（1932—2017）

叶甫图申科是大声疾呼派诗人，毕业于高尔基文学院。他关注社会现实，擅长以激情澎湃的政论诗干预生活，并且常在群众大会上朗诵自己的作品，拥有数以万计的听众和读者，长诗《妈妈和中子弹》获一九八四年度苏联国家奖。他的爱情诗意境开阔，比喻新颖，语言流畅，音韵和谐。

恳　求

春天的夜晚你要思念我，
夏天的夜晚你要思念我，
秋天的夜晚你要思念我，
冬天的夜晚你要思念我。
即便我离开你四处奔波，
相距遥远就像是在外国，
长长的床单凉爽又寂寞，
你要安静，像在海上仰卧，
沉浸于轻柔舒缓的浪波，
独自陪伴大海就像陪伴我。

我不愿意让你白天思念。
白天你最好忙得团团转，
你可以喝酒也可以抽烟，
别的念头尽可以占据心田，

白天想什么都随你的便,
可夜晚只把我一个人思念。

透过呜呜响的火车汽笛,
穿透云团凄迷的风风雨雨,
你会牵挂我的坎坷遭际,
在狭小的房间里面对四壁,
眯缝眼睛庆幸或是忧郁,
手捧着太阳穴痛苦不已。

我求你在沉寂静悄时刻,
或当漫天阴霾雨水滂沱,
或当窗口闪烁茫茫积雪,
无论在梦中或失眠时刻——
春天的夜晚你要思念我,
夏天的夜晚你要思念我,
秋天的夜晚你要思念我,
冬天的夜晚你要思念我。

(1960)

安德列·安德列耶维奇·沃兹涅先斯基

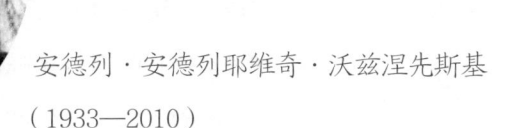

（1933—2010）

  沃兹涅先斯基从少年时期与帕斯捷尔纳克交往并深受其影响，毕业于莫斯科建筑学院，是与叶甫图申科齐名的大声疾呼派诗人。他的诗歌创作追求音韵和词语的新奇，力求以"陌生化"的手段达到引人关注与思考的效果。

愿望的驳船

驳船离岸开走。驳船遇到麻烦。
愿望的驳船在孤独中呐喊。
请听神经错乱驳船的呼唤,
驳船——驳船驳船驳船船铃铃兰——
驳船思念铃兰!

或许,独木舟曾从船尾呼唤?
或许,遭遇过蛮横的平底船?
我们思念铃兰!思念铃兰!
整个船队里数它摇晃得厉害!
它在散布着野蛮野蛮野蛮
流啊流啊流不断如"火山熔岩"。

昨天还在海上艰难地呼吸,
抵达后把五彩包裹抛向海岸。

于是马赛港所有的小便池
白色泡沫泛滥。笔法有失凌乱。

国王与蠢妇的心意尽在于此,
这心思如同芒刺让脊椎震颤,
我那疯狂的驳船窃窃私语,
我没有听见:
"思念铃兰……"

瓦西里·伊万诺维奇·卡赞采夫
（1935—2021）

　　卡赞采夫出生于托姆斯克州乡村。一九五七年毕业于托姆斯克大学文史系。曾在中学教书。一九五八年开始发表诗歌作品。他的爱情诗短小精悍，构思新颖，语言清新幽默。

"朝霞。黎明。十六岁……"

朝霞。黎明。十六岁。
数着孤独的脚印来来回回,
怀揣秘密,陷入沉默
我想让她喜欢我。

她从不抬头向我张望。
我咒骂自己胆小心慌,
高声叫嚷,笑得粗野——
我想让她喜欢我。

悄悄说出热切的话语,
目光放肆,频频注视,
讲的笑话尖酸刻薄,
我想让她喜欢我。

光阴飞逝如同流水,
她永远都留在十六岁。
至今我常想那些岁月,
我想让她喜欢我。

拉丽莎·尼古拉耶芙娜·瓦西里耶娃
（1935—2018）

瓦西里耶娃毕业于莫斯科大学哲学系，一九五七年开始发表作品。她的诗多以爱情、大自然、人的命运为主题，抒情语调渗透着俄罗斯女性特有的温柔与坚忍。

绝 情

你赠给我石头和星星,
赠给我峡谷、山峦和森林。
谢谢。不早也不晚,
我恰恰不需要这些奇妙赠品。

当我从话音中有了预感,
等待着那些意外的赠予,
就像一部长诗的引言,
我还不知道,从生到死,
自身充满了自己的力,
在惊恐惶惑的时刻,你在哪里?

送给你些什么呢,亲爱的?
给你时间,
给你生活,
给你春天。

尼古拉·米哈伊洛维奇·鲁勃佐夫
（1936—1971）

鲁勃佐夫的诗多从身边生活中取材，侧重抒发内心情怀——亲情、乡情、友情、爱情，诗风委婉细腻，语言清新朴素，成为继大声疾呼派之后又一个引人关注的诗歌群体悄声细语派的领袖。

离别的歌

我将要离开这个村庄……
这一条河流快要结冰,
院子里面将格外肮脏,
夜晚的房门吱呀有声。

母亲会来,于此长眠,
在这个荒僻凄凉之地,
在这寒冷刺骨的夜晚,
你因我的背叛而哭泣。

你在沼泽地树桩旁边,
不该眯缝起你的眼睛,
用成熟的酸果子喂我,
像爱护小鸟满怀深情。

你听,棚子顶上刮风!
听,女儿在梦中欢笑!
可能天使正陪她玩耍,
飞翔空中,无比轻巧……

不必忧愁!码头寒冷,
不要指望春天的航船!
莫如让我们饮酒告别,
为了我们曾相互依恋。

我和你并非同林之鸟!
何苦在一个岸上等待?
我这一走有可能回返,
也可能一去永不归来。

你不知道我夜晚走路,
不管去哪里脚步匆匆,
总觉得背后有人追赶,
有人谩骂,气势汹汹。

有一天我会想起酸果,

想起穷乡僻壤你的爱,
我会给你寄个布娃娃,
借童话故事聊表情怀。

让小女儿摇晃布娃娃,
坐着玩耍不觉得孤单。
"妈妈!妈妈!看布娃娃!
娃娃会哭,还会眨眼……"

亚历山大·谢苗诺维奇·库什涅尔

（1936— ）

库什涅尔出生于列宁格勒，毕业于师范学院，多年担任中学教师。后辞去教职，成为专业诗人。一九九六年诗人获俄罗斯联邦国家奖，二〇〇二年获国家普希金奖，二〇〇五年获得刚刚设立的"诗人"大奖。二〇一五年获中国青海湖国际诗歌节金藏羚羊奖。

"热恋,就是四目对望……"

热恋,就是四目对望,
置身古老帆船的底舱,
当榆树笼罩暮色苍茫!

又像四只手联弹钢琴,
把一切细节铭刻在心,
仔细欣赏奖章的花纹。

统帅的侧面像神情高傲,
奥斯特尔利茨太阳闪耀,
它在把虚荣的世人嘲笑。

热恋,就是把浮名忘却,
沟畔蒲公英开黄色花朵,
我们有权利可以这么说。

四只手为六翼天使惋惜,
要了解未知的可爱词语,
逐渐熟悉带栏杆的楼梯。

沙发上累乏的四条腿,
眼睛里雾一般的疲惫,
玻璃杯里那一枝玫瑰。

没有本能的精神世界,
只不过是教堂的和谐,
并非爱而是和睦妥协。

(1975)

弗拉基米尔·谢苗诺维奇·维索茨基

（1938—1980）

维索茨基出生于军官家庭，毕业于莫斯科艺术剧院戏曲学校表演部，先后在莫斯科普希金剧院、喜剧剧院扮演过二十多个角色，参与创作三十多部影视片。他创作歌词近六百首，自己谱曲，自己用吉他伴奏，自己演唱，是著名的弹唱诗人。生前虽然没有出版过一本诗集，但他的演唱录音带家喻户晓。他的诗贴近生活，采用口语入诗，大胆触及社会矛盾，颇受人民群众欢迎。一九八七年被追授苏联国家奖，成为苏联文学史上罕见的现象。

给玛丽亚·弗拉狄*

这里枞树的枝杈悬空抖动,
这里鸟儿惊恐啾啾地叫。
你住在施了魔法的荒林中,
要想离开此地却办不到……

哪怕稠李干枯像随风摆的衬衣,
哪怕丁香花陨落如纷纷细雨——
反正我要领着你离开这里
去一座宫殿听悠扬的芦笛……

你的天地被巫师们施展法术,
见不到光明千百年陷于封闭,
因此你想世界上没有什么去处

---

* 玛丽亚·弗拉狄,诗人的妻子,法国女演员。

比这座妖氛弥漫的森林更美丽!

哪怕早晨草叶上没有露珠的痕迹,
哪怕与阴霾天空争吵的是月亮,——
反正我要带领着你离开这里,
去座明亮的高楼,阳台朝向海洋……

悄悄出门来找我,你战战兢兢
在一星期的某一天,某个时刻……
我伸出双臂抱起你快步急行,
去一个地方,那里谁也不会发觉……

如果偷情合你的心意我就偷——
我何苦要白白耗费偌大的力量?
万一别人占据了宫殿与高楼,
但愿你同意:窝棚里自有天堂!

(1969)

约瑟夫·亚历山德罗维奇·布罗茨基
(1940—1996)

　　布罗茨基出生于列宁格勒一犹太人家庭。一九八七年获诺贝尔文学奖。他的诗继承了白银时代诗歌传统,并借鉴了英国玄学派诗歌,形成了冷静与沉思的风格。

爱 情
——给玛·巴*

今夜我两次从梦中惊醒,
走向窗户,看窗外的路灯
仿佛省略号断断续续,
没给我带来任何慰藉。

我梦见你已经怀有身孕,
尽管我们俩已分离多年。
高兴地用手触摸你的肚子,
我为自己的过失愧疚不安。

可摸到的却是我的裤子
和开关。缓步走到窗前,
我知道你在那里很孤单,

---

* 玛·巴,指玛丽安娜·巴斯曼诺娃(1938—),她是布罗茨基的初恋女友。

从不抱怨我犯下的过失,
黑夜做梦都在把我期盼。

等我回来的时候,对我
蓄意的别离,你并不责备。
我们在黑暗中举行婚礼,
幽暗庇护才免被光线摧毁,
像怪物脊背重叠,只有孩子
能证明我们的裸体无罪。

将来想必还有这样的夜晚,
疲惫、消瘦的你再次出现,
尚未起名的儿子或女儿——
会站在我面前,浑身抖颤,
我不再伸手去摸电灯开关。

不再伸手,我无权抛弃你们
把你们留在幽灵的王国里,
无声无息,隔着白昼的藩篱,
你们身陷其中,受到拘禁,
那真实的地方我无法企及。

(1971)

尤里·帕里加尔坡维奇·库兹涅佐夫

（1941—2003）

库兹涅佐夫出生于克拉斯诺达尔边区一乡镇，十六岁开始发表诗歌作品，一九七〇年于高尔基文学院毕业。他的诗借鉴现代派的艺术手法，联想奇特，构思不俗，风格冷峻飘逸。

风

你等着谁呀?……窗外一片昏暗。
女人的爱情注定要十分偶然。
委身于头一个进门来找你的人,
一如委身于命运,你这样决断。

多少天来心灵等待着答案。
而一阵风推开门来到面前。

你是女人——他是自由的风……
忧伤与恋爱全都心不在焉,
他一只手抚摸着你的头发,
另一只手在海上掀翻了轮船。

(1969)

伊戈尔·鲍里索维奇·布尔东诺夫

（1948— ）

布尔东诺夫出生于莫斯科，毕业于莫斯科大学力学数学系，现为俄罗斯科学院系统编程研究所首席研究员。他推崇中国文化，多年研究《易经》《道德经》《论语》《庄子》《史记》。这位数学家也擅长写诗和绘画，曾三次访问中国。他的情诗诗句朴素，情深意长。

望 月

　　　　分处两地的人，
　　　　情不自禁会仰望天空。

天空让云彩生出翅膀
飞过犬牙交错的山冈。
太阳落山像红苹果
被飞翔的山鹰吞没。

夜晚降临，水面如镜
轻轻地飘浮着月亮。
我想：妻子独自一人，
此刻她过得怎么样？

在首都，在我们家里，
她会走过去推开窗。

从另一边抬头仰望,
仰望夜空飘浮的月亮。

在首都,在我们家里,
她会走过去推开窗。
从另一边抬头仰望,
仰望夜空飘浮的月亮。

(1986)

奥尔嘉·亚历山德罗芙娜·谢达科娃
（1949— ）

  谢达科娃出生于莫斯科，父亲是军事工程师，曾作为援华专家在中国工作，因此她六岁时来到中国，在北京住了一年半，西直门一带给她留下了难忘的印象。一九七三年，谢达科娃从莫斯科大学语文系毕业，一九八三年在斯拉夫学及巴尔干学学院研究生班获得语文学博士学位，现在莫斯科大学哲学系任教。一九九五年获罗马欧洲诗歌奖，二〇一三年获意大利但丁国际诗歌奖。

兰斯的微笑天使

——致弗朗索瓦·费迪埃*

你准备好了吗?——
这位天使在微笑——
我问,诚然我明白,
毋庸置疑你已有所准备:
要知道我并非随便问什么人,
只问你,
问不可能心生叛逆的人,
你效忠人间的国王,
这里全体臣民为他加冕,
你忠实于另一位主宰,
天主,我们的耶稣,

---

* 微笑天使,法国兰斯大教堂的雕塑。兰斯是法国东北部的城市。弗朗索瓦·费迪埃(1935—),法国哲学家,著有《海德格尔:剖析丑闻》。他认为海德格尔的哲学是形而上学的空想社会主义的国家形式。

他怀着希望渐趋衰竭，
你还会听见我追问；
反反复复地听见，
就像每天傍晚
这里钟声轰鸣呼唤我的名字，
大地优良的小麦
和闪亮的葡萄，
麦穗和葡萄串
都渗透了我的声音——

可是，
这雕琢成玫瑰色的石头，
扬起手臂，
在世界大战中折断的手臂，
无论如何还是让我提醒：
你准备好了吗？
应付瘟疫、饥荒、地震、战火、
引起我们愤怒的外族入侵，
你可有准备？
所有这些当然都很重要，
不过，这些跟我想要问的无关。

我被派遣到这里并非为此目的。

我要问：

你

可有准备

迎接意想不到的幸运？

（2011）

谢尔盖·谢尔盖耶维奇·索宁

（1952— ）

索宁出生于阿穆尔州别洛戈尔斯克市，毕业于布拉戈维申斯克国立师范学院物理数学系。曾在工厂担任工程师。二〇〇五年加入俄罗斯联邦作家协会，先后出版的著作有九本诗集和长诗。

"为什么我从前没有跟你相遇?……"

为什么我从前没有跟你相遇?
当时我们的青春之花多鲜艳!
那时候心里第一次萌生爱情,
可是问题不一定都会有答案。

似乎我们并没有做错过什么,
至今我的心依然封存在冬季,
不让它感受温暖,害怕损失,
而我居然一直把这看成真理。

眼中之光心中之光尚未熄灭,
世界对自己不满,提出抗议,
可我还是不知道该怎样转弯,
还像当初只为爱情感到焦虑。

为什么你这么长久才来见我?
还是因行程太远,误了日期?
只记得我在梦中见过一个人,
我不认得你,请原谅,对不起!

(1989)

维拉·安纳托利耶芙娜·帕甫洛娃
（1963— ）

帕甫洛娃毕业于格涅辛音乐师范学院，曾经在教堂唱诗班唱歌，二〇〇〇年获得阿波罗·格利戈里耶夫奖。

"没有爱情？那就创造爱！……"

没有爱情？那就创造爱！
创造了爱。又该怎么办？——
我们共创体贴、温柔、大胆。
共创嫉妒、厌倦、谎言。
别急于出门站到台阶上面。

娜塔丽娅·米哈伊洛芙娜·尼柯林科娃
（1964— ）

  尼柯林科娃出生于阿尔泰边疆区巴尔瑙尔市，毕业于阿尔泰大学语文系，多次获得诗歌创作奖，包括一九九七年度杰米多夫奖。她的风格柔和中蕴含深刻，令人联想到诗人库兹明的作品。

"每当叫你的名字……"

每当叫你的名字,
就像在五月的夜里
从别人家的花园
偷偷摘了一朵郁金香,
就像寒风中吞咽一块冰,
就像悼亡节失声大笑一样……
你不如没有名字。
我从早晨起咬紧嘴唇——
像个苦行僧满脸阴郁,
谁知妹妹又一次笑问:
"你这是叨念谁的名字?"

叶莲娜·瓦列金诺芙娜·伊萨耶娃

（1966— ）

　　叶莲娜·伊萨耶娃出生于莫斯科，毕业于莫斯科大学新闻系。她的诗作构思新颖，往往能从司空见惯的题材当中挖掘出新意。

但丁的妻子哲玛

缪斯,你以何面目来临?
你选中了谁?什么原因?
人们都知道贝雅特丽齐[1],
哲玛的名字却默默无闻。

谁在午夜时替换蜡烛?
谁把牛奶倒进杯子里?
诗人心目中只有碧齐,
似乎一直都冷落妻子。

他是诗人,痛苦煎熬,
构思诗篇时激情如火。
谁来收拾散乱的诗稿,

---

1 贝雅特丽齐,但丁心目中的情人,碧齐是其爱称,在《神曲》中,她是但丁游历地狱的领路人。

精心地保存以免失落?

什么人因情敌而痛哭,
却永远为她敞开大门?
而男人注定始终孤独——
从千百年前直到如今。

命中的问题没有答案,
该反复追思这些疑问,
诗人们的女友该当自重,
诗人的妻子让你们永存。

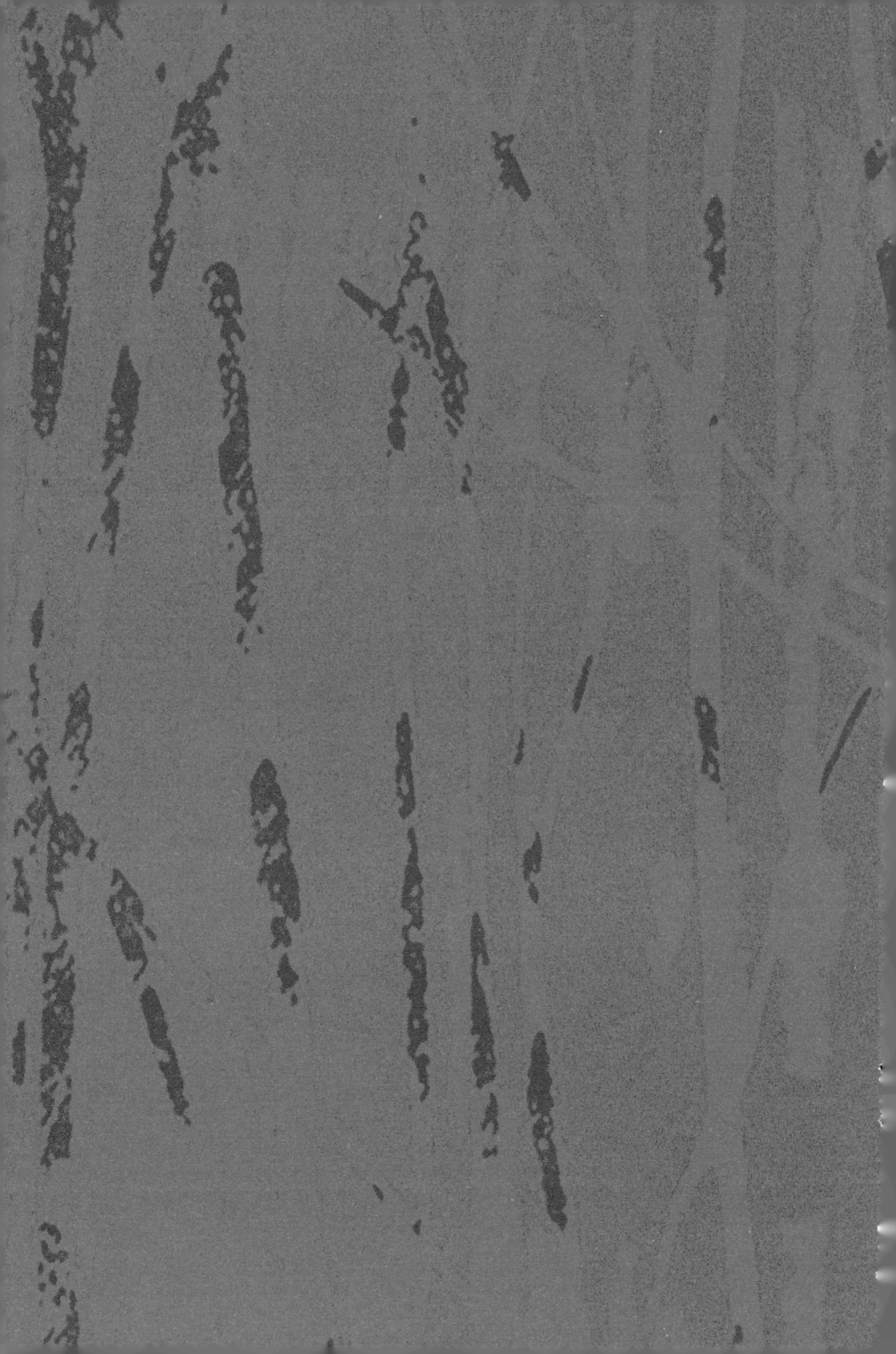